宁夏医科大学总医院
General Hospital of Ningxia Medical University
1935

80年风雨一路歌 接力奋进续华章

——献给宁夏医科大学总医院建院80周年

主　编　金群华

黄河出版传媒集团
宁夏人民出版社

图书在版编目（CIP）数据

80年风雨一路歌 接力奋进续华章 ：献给宁夏医科大学总医院建院80周年 / 金群华主编. — 银川 ：宁夏人民出版社，2016.10
ISBN 978-7-227-06479-4

Ⅰ. ①8… Ⅱ. ①金… Ⅲ. ①中国文学—当代文学—作品综合集 Ⅳ. ①I217.1

中国版本图书馆CIP数据核字(2016)第269542号

80年风雨一路歌 接力奋进续华章：献给宁夏医科大学总医院建院80周年

金群华 主编

责任编辑 姚小云
封面设计 马 冬
责任印制 肖 艳

黄河出版传媒集团
宁夏人民出版社 出版发行

出 版 人 王杨宝
地 址 宁夏银川市北京东路139号出版大厦(750001)
网 址 http://www.nxpph.com http://www.yrpubm.com
网上书店 http://shop126547358.taobao.com http://www.hh-book.com
电子信箱 nxrmcbs@126.com renminshe@yrpubm.com
邮购电话 0951-5019391 5052104
经 销 全国新华书店
印刷装订 宁夏报业传媒印刷有限公司
印刷委托书号 （宁）00003243

开 本 880mm × 1230mm 1/16
印 张 11.75 字 数 200千字
版 次 2016年11月第1版
印 次 2016年11月第1次印刷
书 号 ISBN 978-7-227-06479-4/I · 1677
定 价 38.00元

前 言

宁夏医科大学总医院始建于1935年，发展至今已成为一所集医疗、教学、科研、考试培训职能于一体，自治区内规模最大、技术力量雄厚、医疗设备先进、专家人才荟萃的综合性三级甲等医院，是宁夏及周边省区区域性医学中心，为宁夏及周边地区方圆500公里2000万各族民众之生命健康贡献才智，为宁夏医疗卫生事业的发展蓝图绘就岁岁画卷，谱写烁烁华章。

风雨八十载，一代又一代的宁夏医科大学总医院人用行动诠释着“人格品德至诚至信　专业技术精益求精”的院训精神，紧跟时代步伐，大胆改革，开拓创新，用几代人的热情和汗水走出了一条从小到大、由弱到强，享誉区内外的成功之路。

沧桑曾经，风雨依然，坎坷几何？80年的时间却也是砥砺漫漫。2015年是宁夏医科大学总医院建院80周年，为传承和弘扬总医院精神，展示宁夏医科大学总医院不平凡的发展历程，讴歌总医院人无私奉献、奋发向上的职业风采，在总医院党委的部署下，开展了主题征文、微电影、微视频和摄影系列宣传活动。活动受到了各科室、党总支、党支部的高度重视和积极响应，征文活动共收集到来自总医院及分支机构的100余篇稿件。在这些征文中，医务工作者们或用真情歌颂了医院党建、医疗、教学、科研、管理等各方面所取得的成果，或回顾了医院发展建设的艰辛历程，或讲述医务人员爱岗敬业、无私奉献的感人故事和总医院人对医院的深情厚谊。

在这浓浓的情意中，我们重温历史岁月，薪火相传，传承和发扬宁夏医科大学总医院人严谨求实、奋发进取、刻苦钻研、精益求精的精神，以强烈的责任感和使命感，立足岗位，为医院发展、建设，贡献新的力量，开创崭新的工作局面。

目录

我与总医院这一年

总医院医学实验中心　王　鹏

这几天，看到科里的新职工在参加总医院组织的岗前培训，不知不觉，自己毕业一年了。这一年，从懵懂的学生时代步入了纷繁的社会大家庭。庆幸的是，毕业后，我顺利进入了总医院从事检验工作，虽然我无缘目睹老一辈总院人的艰辛跋涉，但我更庆幸，庆幸见证了医院这一年来的变化，感受到了她强劲的发展脉搏！

我老家在农村，医疗条件很差，因此医生备受人们的欢迎和尊重。作为村里唯一接受过高等医学教育的人，我有着更加深刻的体会。去年春节回家，村里的年轻人聚在一起过生日，当时有一位喝多的小伙子不慎从老家的土炕上摔了下来，头面颈严重受伤，经过简单的包扎后，大家首先想到要将他送到宁夏医科大学总医院。后来，老家的县医院成了总医院的会员单位，每次听到有总医院的专家来义诊，整个小县城都会沸腾。因为总医院已经成了人们心目中最信赖的健康守护神。

这一年，我第一次看到科室每天要检验这么多标本，第一次看到通过ISO15189认可给科室管理带来的新变化。有人说在检验科上班像是在卫生间上班一样，每天做不完的血、尿、便。殊不知，每一次疾病的诊断都离不开检验。患者信赖我们医院是因为我们能够明确诊断。检验对诊断起着非常重要的作用，小小的化验单上，密密麻麻的数字便是我们劳动的结晶，每个数字背后都在暗示着患者各项生命体征的变化。换句话说，我们也在救死扶伤，只是我们各自的分工不同而已。

而我能做的只有干好自己的本职工作。因此，在日常的工作中，每做一份标本，或每接一次电话，我都无比用心，努力将病人的检验结果做到准确无误。因为，我深知大家的艰辛。医者仁心，没有仁心，再高明的医术也会大打折扣。对于我们检验人来说，这一切便化成了对工作的一种严谨认真的职业态度和发自内心的一种强烈的责任感。

这一年，我看到了努力拼搏的总院人。每天门诊前来就诊的患者非常多，我们的医生连喝水、上厕所的时间都没有。长时间、高难度的手术更是考验着外科医生的细心和耐心。

在突发事件面前，总院人总是义无反顾。这一年，宁夏某化工企业发生氨气泄漏事故，大量氨中毒的患者被送到我院急诊科，当时拥挤的急诊科忙成了一锅粥，直接开通绿色通道全力进行抢救，急诊检验也冲锋在前，忙而不乱，将多份检验报告单第一时间送到临床，为下一步抢救和治疗提供了有力的保障。这一年，四胞胎姐妹顺利在我院出生。有一次我在电梯里遇见四胞胎家属，当时家属的喜悦和感激溢于言表。我深知欢笑背后凝聚的是总院人辛勤的汗水。有一次，透过窗户，在电梯开门的一刹那，我看到了运送标本的护士蹲在电梯里，因为实在是太累了。还有一次，科里一位急诊检验的老师拖着受伤的腿，还依然坚持在自己的岗位上；还有每天急诊楼门口，总能看到从各地赶来的救护车上人们匆忙的身影……

这一年，爱心在总医院涌动。去年11月，医院麻醉科一位同事在产房突发肺栓塞，情况十分紧急，于是大家纷纷卷起袖子，不过一会儿，爱心献血屋门前排起了长长的队伍，大家用爱心挽回了年轻的生命。这一年，医院举办各类的义诊活动不计其数，点点滴滴汇聚的是总院人的拳拳爱心。

当然，这一年感受最深的还是变化。

这一年，医院的硬件设施更加完善。从曾经拥挤不堪的急诊楼到宽敞明亮的急救中心。科里新进了国内首条全自动生化流水线。医院在发展中不断壮大着自己。从口腔医院的投入使用到正在建设的骨科医院以及医院集团一路不断新增的会员单位。总院人正在“走出去”的路上越走越远,用自己的行动和汗水帮助更多的患者解除病痛,诠释着“人格品德至诚至信,专业技术精益求精”的院训精神。

这一年,我亲眼见证了医院在信息化建设上取得的显著成绩。科里OA办公软件的投入使用,多渠道预约挂号的开通,在线支付功能的搭建,从纸质病历到无纸化办公,再到正在建设的无线网络全覆盖。在国家倡导的互联网+的大背景下,带来的不仅是医护人员的便利,也给广大患者带来了全新的就医体验。

生活是一次旅程,我们更要学会感恩。正如成龙的那首《国家》里面的歌词:“家是最小国,国是千万家。”没有祖国的繁荣富强,我们个人的梦想也就无从谈起。同样的道理,只有医院的不断发展,我们每个人才会实现自身价值。因此,感谢医院提供给自己成长的大舞台,感谢科室领导以及同事给予我无私的关爱,更要感谢千千万万老百姓对我们医院寄予的信任。

作家毕淑敏说:“我们可以不伟大,但我们庄严;我们可以不永恒,但我们真诚;我们可以不完美,但我们努力。”80年,对于一家医院来说还很年轻。我与总医院这一年,也只是缘分的一个开始,我能为她奉献自己的青春和力量感到荣幸无比;我为她如此快速的发展而感到骄傲无比。衷心祝愿总医院的明天更加美好!

山无棱天地合才敢与“菌”绝

——传说中的培养皿

心脑血管病医院医学检验科 马 倩

我生菌未生,菌生我已老
我恨菌生迟,菌恨我起早
恨不生同时,日日与菌好
相见亦无事,不见常思菌
思菌不见菌,共饮自来水
菌住斜面头,我接斜面尾
菌生别高兴,没准假阳性
几度温控成,菌看不言好
紫外灯下照,菌隔我海角
翘首盼菌归,无菌空看皿
感时菌溅泪,恨别鸟惊心
化蝶去寻菌,别忘去过早
问菌何时归,夜雨涨秋池
何日菌再来,长发为菌留
愿菌莫相负,培养皿上三生路

我们是麻醉医生

总医院麻醉科　李永菊

有人说
我们是无影灯下的生命保护神
一丝不苟
有人说
我们是插着隐形翅膀的天使
神秘莫测

其实
我们只是一个个普通平凡的人
每天迎着朝阳
踏进封闭的手术间
在繁星满天的夜晚,疲倦地归巢

每一例麻醉都是一次未知的远航
也许
瞬息之间
就会与生命交错
患者的安危时刻牵动着我们敏感的神经

精湛的医术
保障手术的成功
守护生命的尊严

危重患者来了
我们不怕
气管插管，麻醉……
我们同心协力换回一个个鲜活的生命
兄弟科室电话求助
我们背起抢救箱
飞赴现场
CPR是我们的强项
临床麻醉、疼痛治疗、急救复苏的战场
处处都有我们的身影

尽管
鲜花不属于我们
掌声不属于我们
可我们让患者感受到了安全、无痛
尽管
我们渴望能睡一次午觉
我们希望能晒一次太阳
可我们最大的愿望还是患者恢复健康
我们就是这样的麻醉医生

宁医大总院赋

总医院风湿科 池淑红

巍巍贺兰屏障于西，滔滔黄河环绕在东，孕育塞上江南福地。古之西夏兴庆府，今谓宁夏银川市，宁夏医科大学总医院坐落其城南。白日车水马龙，犹如城市闹区。夜晚灯火通明，宛如湖城明珠。

民国24年（1935年）秋，宁夏省立医院成立，病房数间，人员几十，门诊百余，虽简陋亦可医人，却胜于无。新中国成立前夕，大军横扫西北，我党接手，决心一切为人民，称之宁夏省人民医院，换了主人。几经隶属变迁，2012年12月12日改称宁夏医科大学总医院。巨资渐次投入，规模日益宏大。占地七百余亩，医护逾两千。高楼林立，科室齐全，设备先进，技术领先，态度严谨，服务周到，泽被全区回汉各族六百余万，惠及周边陕甘内蒙古三地。

山川秀美，地灵人杰。承八十年之底蕴，辛苦耕耘，秉白求恩之精神，精益求精，执宁夏医学之牛耳，成就三级甲等。兄弟医院互访，同行切磋，讲座连连，技艺攀高峰；邀请异国专家，学术活动不断，博采他山之石，予以攻玉。临床硕果累累，科研捷报频传。教堂执鞭，理论深厚，临床实践，言传身教，更有硕士相随，登堂入室，桃李芬芳，遍布城乡。

昔，华佗欲开颅，阿瞒深忌之，千古遗憾。今，医院妙手，开颅补心视平常，救人无数，器官移植若等闲，活人万千。常显仙人之术，实乃医术精湛。悬壶济世，杏坛能人辈出，医疗技术日新月异。护理服务创示范，患者家属送锦旗。医德高尚，赖有党政领导，班子强健，精诚团结，率众求索，悉心调度，同心同德，尽善尽美，和谐风范。

疫情防治，政治任务，抗击非典，团队合作，挑千斤重担，义无反顾，坚守岁月，可歌可泣。抢险救灾，冲锋在前，夜以继日，为党得民心。

忆往昔，成就辉煌，展未来，前程远大。积淀厚重，基础扎实，现代文明，更添活力，人民重托，时代召唤，乘势而为，抓住机遇，织出锦绣，绘出灿烂。

“自讨苦吃”是一种乐趣

心脑血管病医院心血管内科　赵佳媛

步恩撒认识吗,很多人可能不认识他,他是一位摄影师,一位不管走哪里都会带着自己女儿的爸爸。他带着自己前世的小情人一起去旅行,4岁,一起去了马尔代夫;5岁,他带着她一起日、韩游;6岁,他们一起去了仙本那,大手牵小手,他们的旅程从来都没停止过。曾经,他带着照相机满世界跑,还担心生了孩子就会失去这样自由的生活,但等女儿一出生他就变身成为一个搓着手喜滋滋等着换尿布的爹,女儿在他的镜头里,更是集三千宠爱于一身,带着女儿一起旅行,和她一起看世界,是他的心愿。他信奉,可见的风景就是你的人生,他告诉所有人,路上的风景有女儿的点缀变得更美丽。他出了一本书就叫作《自讨苦吃》。

我们都是父亲眼中的天使,不管我们是有残疾的,还是颜值不高的,他都会包容我们的一切,此时男人爱美女的说法就此成为了谬论。今天是他的生日,没有蜡烛,没有生日蛋糕,只有我的祝福。冰冷的水泥是您的骨骼,学医人是您的灵魂,无数的心脏在这跳动;他虽然不够宽宏,但他可以无限制的包容,他有温暖的手掌,宽厚的肩膀。他用手掌托起了生命的希望,用肩膀撑起无数的小家。所以他像父亲一样,包容着我们的任性和错误,分享着我们的笑容与成绩,监管着我们的德与行。人格品德至诚至信,专业技术精益求精是他对每位宁医大总院人的要求。总医院像我们的父亲,他是一个自讨苦吃的人,苦中享受着乐趣的人,为什么这样说他呢?因为他是为每位职工操碎了心，还乐此不疲的人。

来医院四年了，四年来的心境发生着“duang”的变化，刚出校门羞涩的我们站在医院大门前心里好激动啊，很想立马就进去看看，又非常的胆怯。自己小心翼翼地走进会议室，太多的人是那么的陌生，不安的情绪立刻让我变得窘迫起来，找了个位置坐在那里，思量着眼前的一切。觉得我们就像生产线上的最后一道工序被各个快递公司领走，然后安全地到达每位客户手中。

我们被帽子上带杠、着装整齐的老师领回科室。这段路很短，但却觉得是那么的漫长。六月的太阳早已失去了冬日的温顺，火辣辣地炙烤着我的脸。终于来到了科室，换上了洁白的工作服，从更衣室出来，突然被叫住，转过身看到刚才那位帽子带杠的老师，她走过来，帮我整理了燕尾帽，笑着说下次要注意，她笑得很迷人。她让我想起了在学校神圣的授帽仪式的场景，我记得当时的天色，大概的温度，每个人说话的语气，彼此的表情。当燕尾帽戴在我头上的那一刻，第一次有了责任的感觉。游走了的思绪再一次被拉回来，上班第一天，做的最多的是三查八对。四年过去了，浑然不知三查八对早就渗透在我的骨子里了。学校教会我知识，总医院则教会了我生存的能力，他让我知道生命是用来敬畏的。这是父亲该做的，他做了，他就像父亲一样，冷酷的外表，柔软的内心。

时间过得太快，总医院80岁了。时间沉淀了太多的痕迹，我已经不是那个初生牛犊不怕虎的学生，工作中我谨慎、谨慎再谨慎，对生命更是敬畏。现在的我是名小老师，带着我的“小学生”一起奋斗在一线，现在也终于明白那时老师的苦口婆心，现在的我就像婆婆一样总有太多的叮嘱，虽然“小学生”很烦，但我不会停下我的嘴，因为有一天他会明白你今天的用心。就让时间慢些吧，我只见证了你四4年的容颜，你的足迹我都没有走过，你的每一道皱纹我都不知道何时有的，我错过的太多了。

错过了就是错过了，人生本来也只有减法，没有加法。我只希望好好地陪着他，用镜头拿着笔记录点点滴滴，让彼此自讨苦吃，彼此乐此不疲。

祝您生日快乐，我想做一个不一样的表白，请不要害羞，看到了吗？跳动的烛光，十指紧扣，双眸紧闭。听到了吗？我在为您高唱生日歌，为您歇斯底里地呐喊，让时间慢一点。

感受到了吗？我的虔诚，我的敬畏。也许听不到，也看不到，但我的爱是满满的，我想把全世界最美好的东西都给你，因为那一直是您许给我们的愿望，您希望把最好的东西给我，同样的愿望我想许给您，祝愿您越来越好！

在平凡与琐碎中突显价值

——致我的护士姐妹们

总医院门诊部 王永红

多年前,我还是一个懵懵懂懂、少不更事的少女,去医院探病,看到护士穿着洁白的工作服,端着白色的治疗盘,行走在干净整洁的病房中,便觉得做护士好神气。以至于后来填报志愿时在还未了解清楚护士的工作内容时,就毫不犹豫地填写了护理专业。当进入医学院校真正接触时,才知道护理专业并不是我看到的那么简单、那么光鲜,尤其是那恐怖的解剖学,在整个解剖学学习期间,几乎每晚都是噩梦,但是只能坚持下去。毕业后进入工作岗位,我才知道护士工作的辛苦远不止这些,工作琐碎,体力透支,没有正常节假日,很多次万家灯火共庆团圆的餐桌上都没有我们的影子,在别人都甜甜入梦时,我们得奔走于病房之间,在完成各种繁杂的护理工作的同时,还要面对各种检查、各种学习,有时还得要面对一些难缠的患者和家属,最初对工作美好的憧憬,随着日复一日辛苦的工作慢慢消失,不止一次地想:难道我的一生就要在这样的节奏里走下去吗?我的价值在哪里?老师说的所谓的职业自豪感又在哪里?渐渐地,我失去了对工作的热情与憧憬……

日月轮回中,时间在一天一天向前推移。在每天平凡的工作中,经历了一次又一次争分夺秒对生命的拯救之后,我逐渐明白了工作的意义。当我用自己所掌握的医学知识帮助了更多的患者以及家人朋友时,我收获了赞许和感激。当我和同事们齐心协力将患者从死神手中拉回时,我收获了喜悦和病人以生命相托的信任。在所有帮助患者与病人抗争的岁月里，我逐渐领略到了职业的价值与神圣，当许多被我帮助过的、我却早已记不得相貌的患者，在大街上追上来笑着与我打招呼时的那种意外的惊喜让我知道了什么叫作帮助别人快乐自己。

记得在肿瘤科工作期间，由于癌症患者要经过长期的化疗及反复的治疗，所以他们和我们医护人员熟悉得像朋友一样，闲时会聊聊家常，有时还会吐露心事，把我们当亲人朋友一样信任，在我护理过的很多患者中，其中有一位我到现在还能记得他的姓名，他是一名普通的煤矿工人，一位很纯朴善良的老人，入院经过反复的化疗依然没能挽留住他的生命，记得他在治疗期间忍受了非常痛苦的化疗过程，经常在疗程中弱得走不动路，就这样坚持着、抗争着。

杨叔叔是个普通矿工，老伴没有工作，家境很不宽裕，在生命即将走到尽头的那几天是我们最感痛苦的几天，因为长期的相处使我们能够理解他在生命之火即将熄灭时还努力坚持着的心意，他是在等，他想努力地为家人留下他人生最后的一份爱。因为再过几天就是发工资的日子，他想把他人生最后一笔工资留给家人生活，所以他的即将离去让我们倍感难过，最后带着对家人的不舍，他走了。他走时我们都流泪了，他的离去，使我明白了一个道理，一个人对于整个世界，也许只是沧海一粟，但是对于一个家庭来说，就是整片天空，所以让每位患者都能康复，好好地活着，是我们所有医者的价值与意义。

从此我理解了，我所有的价值就是在每天平凡的工作中，这是一个没有鲜花没有掌声的职业，在似水流淌的岁月里，我们每天重复着那些熟稔于心的种种操作，帮助着一批又一批病患，履行着护士的职责。

每个夜晚在医院寂静的走廊里，有护士轻轻的脚步声，每一位患者的康复，都有护士暖暖的关怀和默默的奉献与守护。每个清晨，是护士伴着第一缕阳光带着微笑来到患者身边，每一个新生命的降生有我们护士双手的托举，每一次突发意外都有护士辛勤忙碌的身影，护士用青春与汗水阻止死神追逐生命的罪恶脚步，让生命再次释放光芒。

著名作家冰心曾写过一首诗，爱在左，同情在右，走在生命的两旁，随时播种、随时开花，将这一径长途点缀得花香弥漫，使穿枝拂叶的人，踏着荆棘，不觉痛苦，有泪可挥，不觉悲伤。我们正是那些可以让爱与同情伴随生命左右的人，我们是女儿、妻子、母亲，我们也会累，也会脆弱，也会悲伤流泪，但我们是护士，我们只能选择坚强，必须选择坚强。

护士是代表着善良、优雅、严谨、果敢和智慧的名字，当我们的护理先驱南丁格尔让克里米亚战争中的伤员死亡率下降，康复率提升时，就证明了护士出现的必然性与价值，于是我们有了5·12国际护士节，如今的5·12国际护士节又多了一层含义，就是让我们深深记住的那个对生命敬畏与怀念的地震悼念日，它再一次提示我们生命的珍贵和我们肩上的责任，我们是生命与健康的守护者，是传递爱与关怀的使者，在我们的职业生涯里早就有了约定，所以请伸出你温暖的双手不要吝惜你的关爱，尽管不是所有人都能懂得和理解，尽管有时候还会因为被误解而伤心难过……

我们的工作是平凡的，甚至是琐碎的，但是我们在广施慈爱的同时也感知着快乐与满足，请为自己是护士而骄傲吧，再一次把冰心老师的诗送给大家：

爱在左，同情在右，走在生命的两旁，随时播种、随时开花，将这一径长途点缀得花香弥漫，使穿枝拂叶的人，踏着荆棘，不觉痛苦，有泪可挥，不觉悲伤。

致X光下工作的同仁们

心脑血管病医院心血管内科　马晓彦

开　篇

介入好　介入妙
收益大　创伤小
恢复快　愈后好
患者赞　医术高

好口碑　广流传
一传十　十传百
百传千　千传万
求医者　如云集
求治者　若细雨

医学者　寒窗苦
五六载　方如意
介入路　步维艰

迈一步　约十年

造影剂　显血管
纤玉手　布老茧
细导丝　微导管
欲操控　反复练

工作篇

夜深沉　万籁静
叮零零　有急诊
梦乡甜　被窝暖
救命紧　勿贪恋

灯未明　眼蒙眬
穿差袜　拿错衣
发未绾　面不洗
君莫笑　抢时机

夜未央　微风凉
步态张　神思惶
保安叔　显迷茫
误以为　会情郎

卸红装　换戎装
披铅甲　赴战场

心率慢　血压低
意识淡　奄奄息
吸氧气　补液体
急救药　需备齐

起搏器　提心率
反搏仪　增灌注
除颤仪　能复律
呼吸机　供氧气

病魔恶　死神凶
导管室　临大敌
仪器响　万马奔
器械声　刀枪鸣
若排兵　若布阵
勿轻敌　方取胜

血管粗　支架细
支架短　病变长
脑在思　眼在看
心在担　口在算
做决策　须慎重
失毫厘　关性命

CTO　病变重
闭塞段　不显影
硬骨头　最难啃

欲拿下　技一等

放眼看　毫厘间
导丝过　难上难
真腔真　假腔假
真亦假　假亦真
放射线　难辨清

谈技巧　论经验
细琢磨　巧判断
二三时　驹过隙
浑不觉　汗如雨

功夫深　铁杵针
导丝过　滞塞通
复验证　真腔现
长吁气　笑开颜

感悟篇

医者仁　患者心
救治成　感恩情
曰天使　曰父母
曰恩人　救世主

偶有过　皆矢否

或辱骂　或围堵
或索赔　或命无

放射线　更无情
来无影　去无踪
不严防　损失重

鬓发衰　晶体坏
血细胞　降得快
三五年　容颜换
桃花面　不复返
更有甚　基因变
下一代　受牵连

悬壶者　济世也
扶病伤　本职责

朝起早　夜眠迟
需吃苦　兼耐劳
有激情　能创新
体力好　精力旺
要值班　要加点
要熬夜　德才兼

春风暖　夏日炎
秋瑟瑟　冬严寒
日复日　年复年

介入路　勇往前

长江浪　后推前
有奉献　无怨言
医护患　携起手
心内科　再向前

当你老了

心脑血管病医院心血管内科 赵佳媛

宁医大总院，听见了吗？
嘀嗒嘀嗒，墙上的老钟表
还是那样的不知疲倦
29200个日日夜夜
爱就爱你的年复一年
听听老歌，翻翻日记
时间都去哪儿了？
照片从黑白变成了彩色
头发由乌黑变成了花白
当时光蹉跎着周围一切的时候
您的容颜变了，爱从来都没有改变过
您的爱：
让我原本黑白的世界有了色彩
让我在某一时间心脏停止了跳动
让我的脸上露出久违的笑容
当你老了，头发白了，走不动了
让我做您的拐杖
成为您的影子形影不离

我会静静地听着音乐
暖暖地看着您
眼泪湿润您干裂的手

宁医大总院，记得吗？
一丝不挂的来到这个世界
您见证了多少
清脆划破长空的呱呱声
您听得都可以谱曲了
走在生命的长河里
您挥洒汗水
您奋不顾身
病痛望你而却步
速度、奔跑、激情充实着您
世界那么大，您想去看看
无奈，您选择守护生命
您告诉我：
您的肩膀是用来托起希望的
您的时间是用来延续生命的
我想告诉您
您不孤单：
您不是一个人，您是一群人

宁医大总院，感受到了吗？
温和的阳光，香甜的奶茶
五指缝中别样的蓝天、白云
安详惬意
五线谱的音符普出动人的旋律

请您慢些吧
世界那么的美好
您还没好好感受
洁白遮住您婀娜的身姿
冰冷的器械是您的伙伴
对知识废寝忘食
对人才您求贤若渴
创新改变是生存的根本

宁医大总院,听见了吗?感受到了吗?记得吗?
我们哼起生日歌
响彻天空
星星为您照亮道路
灯火通明
今天是您的生日
许个愿望
能挽救更多的生命
守护更多的家庭
吾愿:
患者得以痊愈
生命可以延续
做生命的守护者

我愿为你飞

总医院心脏中心心功能检查部　刘　郎

轻轻地，轻轻地，我来了
一袭飘然白衣
没有翅膀却分明在“飞”
是谁？给我如此神奇的力量
你，紧皱的双眉
痛苦的脸庞
憔悴的身躯
和那期盼的目光
我心痛，心痛地落泪
心痛的泪水怎么也驱不走你的忧伤
我，明白了
你不需要泪水
你要的是
坚定的信心
精湛的技术
温柔的话语和心灵的抚慰
夜，静静的，静静的
人们已进入甜甜的梦乡

我巡视在病房
突然,传来一阵急促的呼救声
“医生！医生！”
不好,病人再度心肌梗塞,生命垂危
吸痰、吸氧、输液、监护……
内科医生来了,麻醉科医生来了
手术室的医生全来了
病人得救了家属笑了
我带着倦意悄悄地走了
有时候,我很累,很累
一年三百六十五天没有一个完整的休息日
不管是白天还是黑夜
病情就是命令
有时候,我很苦,很苦
羊水、痰液、呕吐物喷溅一脸
埋怨声、漫骂声不绝于耳
心里的委屈,却不知向谁述说
更多的时候,我很开心,很开心
是我,迎接生命的第一声啼哭
是我,重新唤起无数生的希望
是我,陪伴着你安详走过生命的最后一程
我知道我是健康的守护神
我的肩上有份沉甸甸的责任
健康的寄托
生命的希望……
所以,我穿上层层的防护服
冒着自己被感染的危险

顾不上小家
来到你的身旁
给你慰藉
为你疗伤
做你健康的忠实卫士
我也为人妻为人母
我也是父母心头的肉啊!
我何尝不想做个好女儿、好妻子、好母亲
我何尝不想做个好儿子、好丈夫、好父亲
但,你更需要我,因为你也是我的亲人
在这没有硝烟的战场上
我要同你一起与病魔抗争
我要同你一起与死神决斗
是你,生命的呼唤,给了我如此神奇的力量
用我无形的翅膀
我要带着你的梦想
为你飞翔!

岁月如歌八十载　风雨兼程向未来

——致宁夏医科大学总医院建院八十周年

总医院心脏中心大血管外科　柳　真

八十载的风雨征程,演绎岁月峥嵘
九百六十个月的斗转星移,谱写华美乐章
两万九千次的日出日落,咏颂春华秋实

光阴荏苒
八十年,只是年龄中的一个分号
岁月悠悠
八十年,风起云涌,巨浪滔天
从一粒嫩芽到一枚果实
经历了无数个春天和秋天

八十年漫漫尘烟
依旧能听见春潮涌动的回荡
宁医大总院迈着坚实轩昂的步履
在信念的上空放飞新的梦想

五星引领,斗志昂扬
与共和国风雨同舟、甘苦与共八十载

携手并进，共筑中国梦
共同谱写美好生活新篇章

忆往昔
怀抱理想，仁人前辈创业艰
山河破碎、身世浮沉、简屋陋室中悬壶济世
看今朝
人才辈出，老中青济济一堂
科室齐全、设备先进、技术精湛的现代化“三甲医院”屹立西北

传承衣钵，弘扬美德
我们救死扶伤，全心全意为患者解除病痛
创新学习，攻坚克难
我们精益求精，勇攀医学高峰

每一次抢救都是一次与死神的争夺
每一次治疗都是一次与病魔的交战
每一次查房都是一次与患者的沟通
每一次出院都是一次与幸福的体验

我们都不会忘记救死扶伤的岁岁年年
我们都不会忘记在病房中的日日夜夜
我们都不会忘记病人康复的声声感激
我们都不会忘记领导同事的句句关怀

多少次看着患者们痛苦的表情
我们用爱心帮助他们战胜疾病告别危难

多少次望着家属们期盼的眼神
我们用爱心帮助他们看到希望抚平伤感

多少个夜晚我们不能陪伴自己幼小的孩子
多少次加班我们不能吃上一口热菜热饭
多少个双休日我们不能看望年迈的双亲
多少次除夕夜我们不能参加亲人的团圆

当又一个新生儿从我们手中来到人间
当又一个危重病人经抢救脱离了危险
当又一批患者康复与我们挥手说再见
这就是我们不竭的动力和快乐的源泉

我们用双手描绘健康彩虹的画卷
我们用真情打造百姓满意的医院
我们把白衣战士的责任担在双肩
我们把白衣天使的博爱装在心田

让所有的生命都在人间盎然春色
迎一路风雨,去寻找昨夜遇难的小花
拯救一条生命
就是拯救一个人的灵魂,和一个国家的繁荣昌盛

人格品德永远是我们前行的起点
专业技术永远是我们追求的答案
精益求精永远是我们坚持的理念
至诚至信永远是我们信守的诺言

科技兴医,人才强院
民生至上,民康为本
让我们用爱心编织美丽的花环
让我们用医术书写恢宏的诗篇

万象更新翻新页
继往开来续新篇
逆水行舟
不容我们有片刻小憩
百舸争流
更能激起我们的豪情万丈
八十年搏击
已赋予我们无穷的勇气与力量
在通往新的征程上
宁医大总院将再续辉煌

宁医大总院我为您骄傲

总医院儿一科　马立燕

始建于1935年的宁夏省立医院，历经沧桑与变革，如今已更名为宁医大总院。今年的金秋时节，将喜迎八十华诞。八十载风雨兼程，坎坷几何，砥砺漫漫，岁月蹉跎！八十载的拼搏奋斗，宁医大总院人始终以振兴祖国医学事业，服务大众为己任，演绎了无数璀璨华章！

作为一名在总医院工作了近二十年的医生，我有幸见证了总医院大踏步飞跃发展的光辉历程，亲身感受到她强劲有力的发展气息！

八十载，可谓时光荏苒，岁月沧桑！总医院的同龄人，已从一懵懂的稚子不知不觉成为一耄耋老人，但我们的总医院却好像才从一朝气蓬勃的青少年，正斗志昂扬地迈向意气风发的青壮年。记得90年代刚到医院参加工作时，当时作为行业翘楚的总医院的前身宁夏医学院附属医院不过是由一座十层的外科大楼（现内科楼），一座五层的内科楼（老内科楼），一座四层的门诊楼（老急诊楼），一座三层的行政楼，一座二层的放射楼等组成。病房狭窄昏暗，诊室拥挤破旧，设备简陋，医护不过千人。外科楼前椭圆形的池塘，常年蚊虫肆虐，池水暗绿味浓。至今记得曾值班的办公室夜间老鼠用牙嗑纸的声音。如今时过境迁，曾经的记忆均成回忆！八十载，医院的旧貌换新颜。当年破旧的院落已不复存在，取而代之的是环境优美、设施齐全、高楼林立的现代化综合性三级甲等医院。虽位于城市的近郊，却始终作为地区医疗中心吸引着来自宁夏及周边地区的广大患者！

八十年的时间里，尤其近十余年，在各级院领导的睿智决策和英明引领下，医院发生了翻天覆地的大变化。矮小破旧的老住院部与门诊楼被新建、装修一新的现代化大楼取代。新门诊大楼、外科大楼、科技楼、新急诊大楼……一栋栋高楼拔地而起，不仅病房宽敞明亮、装修美观，而且功能齐全，设备先进。肿瘤医院、心脑血管病医院、口腔医院……一座座分院接踵开业，使医院迈步成为大型综合性集团医院。医院环境的整体改善不仅为病人提供了一个更舒适、整洁、美观的就医环境，也为医护人员搭建了良好的工作平台，同时大大提升了医院的凝聚力！如今的医院，设施齐全、科教领先、医疗一流，不仅技术力量雄厚、医疗设备先进、专家人才荟萃，而且医疗服务方便、快捷、优质、高效，得到了广大老百姓的认可与称赞。

八十年的时间里，总医院的医护人员始终如一地为患者竭诚服务，用一种以人为本、兼容并蓄的胸怀迎接着广大医患病人。

花开花落几度寒暑，月满月亏潮涨潮落，八十年的时光虽弹指一挥，但八十年的历程岁月章回。回首总医院八十年的光辉岁月，凝聚了多少总院人的赤子心血，虽步步艰辛，却春华秋实！作为一个总院人，我心中充满骄傲与自豪！相信未来，我们继续一起并肩努力，一定会为总医院谱写出更美的乐章！

岁月颂歌

——献给宁医大总院成立80周年

总医院VIP病房 陈 孟

时光如梭,岁月如歌
星移斗转,硕果风华
几代人筚路蓝缕艰苦奋斗
几十载风雨兼程春花秋实
在日月盘旋间蓬勃发展
在秋光绚丽中高歌猛进
80年,风起云涌,沧桑巨变
80年,励精图治,博爱薪传
80年,与时俱进,开拓向前
历经曲折、辉煌的80个春夏秋冬
我们携手欢庆宁医大总院80周年华诞的辉煌绚烂
今天,我们饱含深情
今天,我们欢聚一堂
沉醉在明媚的阳光里
沉浸在迷人的笑颜里
见证这一刻,铭记这一刻!

当思绪穿过岁月的长河,穿越风雨的沟壑

回到80年前,回到历史的起点
那是1935年,社会黑暗,百姓罹难
南京国民政府的宁夏省立医院建成了
跟随历史波折、岁月变迁
伴随红色长歌的唱响
宁夏省人民医院迎来新生
秉承济世为怀、博爱仁心的精神
诉说着一个个救死扶伤的感人故事
不断地在历史长河中接受历练、洗礼
经历80载磨砺与雕琢
那当年的茵茵絮柳茁壮成长
变作如今的参天大树、顶天立地
也见证着她的成长
她自强不息、勇往直前
对,她就是你我现在辛勤劳作的宁夏医科大学总医院

岁月如歌,时光荏苒
回头望,80年艰辛而激情的征程漫漫
百感交集涌心头
站在改革发展的前端
屹立于美丽的塞上江南
医疗、科研、教学同步发展
为宁夏六百多万回汉兄弟解除病患
它关注科技新发展,设备更新、前沿接轨
它重视人才培养,新技术、新业务引进
它坚守信念,敢为人先,集思广益,全方位进步
它取得了突破性进展与质的飞跃

它综合实力和知名度逐步提升
总院人爱岗敬业，无私奉献，精益求精，一心一意谋发展

“沧海横流方显英雄本色，患难之际更知真情所在”
遇任务，我们齐心协力，奋力向前
遇灾难，我们生死不弃，抢救一线
遇疫情，我们日夜奋战，祛疫严防
手术室中，无影灯下，挥汗如雨，救命在先
一次次爱心义诊，一次次医技培训
一次次健康宣教，一次次帮扶合作
我们“人格品德至诚至信　专业技术精益求精”的精神广为传扬

我们铭记探索中求发展的奋斗历程
我们敢为人先，治病救人，创新进取的精粹代代传承
我们迎难而上，医者光芒照万丈，呵护健康永不断
时间的车轮，在消失的足印里渐行渐远
平凡的往事，在时光的冲洗中依旧清晰
前进的号角已经吹响
明日征程任重而道远
站在新的历史起点上
忆往昔岁月峥嵘畴
看今朝百舸争上游
愿未来业绩腾飞扬！

让我们谱一曲岁月颂歌，为我们的新征程护航添彩
让我们发挥闪光的智慧，共同领航科技创新的步伐
让我们抓住机遇，迎接挑战，携手奋进，勇攀高峰
祈愿宁夏医科大学总医院的明天更加辉煌

医院的壮大见证了我的成长

总医院财务处 赵建勇

在宁医大总院上班已整整十九个年头了,从我参加工作到现在,医院发生了翻天覆地的变化,也在每个角落里发生着各种各样的故事,这些故事也在悄悄脱去外壳走入了新的故事,讲述着十九年来医院的不断变化,医院就像一个“婴儿”学步走到了独自站立,它的“儿女们”也各自有了各自的住所,使这个大家庭显得日益强大,见证着每个时代的变迁。

我的故事也就在十九年前医院的壮大步伐中开始了……

1997年是个特殊的一年,也是一个可喜之年,因为那年我光荣地从部队复员了,很荣幸地来到宁夏医学院附属医院工作,现在已经更名为宁夏医科大学总医院。那一年是四月份,我激动的心情不甚言表,怀揣着在部队时的斗志昂扬,心里想着应该怎样为这个庞大的医院做些什么。年轻的心开始荡漾着,这个时候也在想会被分派到什么样的工作岗位上。不过我也知道我的知识有着局限性,是个部队卫生员不假,当医生有想法可那是不可能的,心里给自己打气,服从分配听从指挥,部队的思想境界在影响着我。接到通知,我和另外两位同志被分配到总医院保卫科工作,保卫科当年还是医院东大门的门口南边一排砖房,司机班也在这排房子里。保卫科一出门正对西边正中间的就是新盖起来的内科住院部,它的两个膀子就是南外科楼和北外科楼,保卫科与内科大楼中间就是一个圆形大湖,围绕着它的左右才能环形到达住院部。我当时就被保卫科领导安排在这栋楼的消防值班室，从那个时候起全院的消防安全就由我们三位刚来报道的复员军人担任起来。

那个时候医院的门诊部还在老急诊科，那里的环境相当得艰苦，外科、内科、综合科室的医务人员都在那坐诊，记得那个时候我们职工还没有医保卡，每次买药都是按比例自己花销后再去报销。

1997年7月1日是个双喜临门的好日子，那一天是中国共产党的生日，也是香港回归到祖国怀抱的日子。医院在已经新建成的内科住院部大门口隆重举行了盛大的庆祝活动。那个时候我和科里同事为了这个双喜的节日整整练习了一个多月的舞狮表演，7月份的天气披上那么厚的狮子皮，好生闷热。为了这个隆重的节日，我们发扬爱院如家的精神，以一个共产党员以及军人的作风，坚持不懈，勇敢拿下了舞狮表演的重任。7月1日那天，我们出色的舞狮表演拉开了庆祝活动前的序幕，那叫个"帅"，那个亮相到现在我还记忆犹新。

2002年11月，这一年是个恐怖而伤心的一年，"非典"病毒在我国出现病例并开始大范围流行，此病分了两个阶段：2002年11月至2003年3月，疫情主要发生在粤港两地；2003年3月以后，疫情向全国扩散，其中尤以北京为烈。2003年4月7日，宁夏抗击"非典"的战斗在当时的宁夏医学院附属医院悄悄打响了。在接到命令的第一时间，我们的医生、护士和工作人员勇敢地迎了上去。当时，在人们的认知里，"非典"是传染病中的头号杀手之一，这个无形的敌人，随时都可能威胁医务工作者的生命。这是一个让人心酸的故事，这是一场人类和病魔之间的恶战。在这场战争中，像田娜这样的白衣天使用她们的爱和生命同病魔抗争；神经内科的马斌武和消化内科的黄李雅夫妇双双报了名；危重症加强医疗科的马少林副主任的妻子在国外，他将自己正在上小学的孩子送到父母那里，义无反顾地报了名……他们奋勇请命，投入防治"非典"战役的一线中去。我也在想，有我帮忙的可能吗？我知道我眼前最重要的就是把当前的工作做得更好。那段时间，医院的门诊、住院部的患者突然就像人间蒸发了一样，我的工作是24小时制，没人的感觉、恐怖加担惊受怕，那些困难没有打倒我。坚守岗位，保院一方平安是我应尽的职责，这个想法在不停地浮现着。我们团结起来终究战胜了“非典”病魔。2004年6月24日，世界卫生组织（WHO）宣布解除对北京的旅游禁令，表明中国抗击“非典”取得胜利。

时间过得真快，2004年7月，门诊大楼又拔地而起，医院的门诊也有了新的面貌，有力地改善了患者的就医环境。医院的强大也给了我无限动力，我也不断在学习中寻求自己的方向，自学了大专、本科，并且还学习了会计，拿到了会计从业资格证书，这个时候，我也有了自己的想法，找到有关部门的领导谈了我的想法。那是2007年某一天，我调离了保卫科来到了财务处的住院结账处开始了我人生中的第二个工作岗位，起初只是在内科楼干着记账的业务，到了2007年外科大楼正式投入使用，我又到了外科大楼，敞亮的大厅让我心旷神怡，大厅十二个窗口一条直线，窗口的提示牌井然有序，一下子燃起了我对这份工作的信心。开始了，开始了……窗口每天有护士、有患者，亲切的话语传出对护士到来的欢迎，护士们送来的账单接踵而至，亲切的话语也传出了对患者的热情接待，耐心解释，有时还不忘和患者开个小玩笑，在笑声中解决了一切的疲惫和紧张。

就这样，医院在发展、在壮大，转眼间，原来的一座内科楼，如今已经扩展出了门诊大楼、外科大楼、科技楼、传染楼，并升级为宁医大总院，还建立了分支医院。2011年我来到了宁医大总院肿瘤医院住院结账处工作，从2007年外科大楼投入使用以来，医院信息化也随之悄然而生，原来的方达程序延伸到东华系统，淘汰了手工记账模式，做到了信息化管理，门诊的挂号模式也相继有了窗口、医生站预约挂号、工商银行自助终端机就诊卡挂号的先进手段，大大缓解了患者就诊的压力，我们也随之有了信息化的转型，人手一台电脑，信息化完全掌握在自己手中，为医院的美好明天努力奋斗着！

故事总有记清楚的、模糊的，我也就在我简短的小故事里引出了我在医院的成长，医院伴随着我的成长不断壮大。

为此，在宁医大总院成立80周年之际，我衷心祝愿医院更加壮大！

白衣筑梦

总医院心脏中心大血管外科　马富珍

光阴如梭，转眼间我已在宁医大总院工作近十年了，从最初的不适应到如今的得心应手，如今的我已经深深地爱上了自己的职业。曾经由于各种原因，我被动地选择了护理专业，那时的我曾失意过，迷茫过。但是短暂的失意，并没有让我颓废，通过自己的努力，我以优异的成绩被分配到了宁医大总院工作。经过勤奋地学习、踏实地工作，我逐渐地接受并发自内心地喜欢上了这里，在宁医大总院这个舞台上，我真正地找到了自己的位置。在总医院这个大家庭里，让我懂得了爱和感恩，懂得了珍惜和付出，懂得了用心去对待周围的人和事，用爱领悟生活中的每一次磨难和快乐。

我庆幸自己生活在一个伟大而又和平的国度，也很自豪能在宁医大总院这个具有深厚文化历史，拥有精湛的专业技术和优质服务的团队里工作。我要把中国梦、总院梦、我的梦紧密地连接在一起，在总医院这个舞台上，我将以全部的热情投入到工作岗位上，以诚挚的爱去对待每一位患者，用我最宝贵的青春，换来千家万户的幸福和安康，用我的实际行动，来获得"白衣天使"最美、最纯洁的荣誉。

在心脏中心大血管外科重症监护室这个时刻与生命斗争的前沿阵地，重症监护室实行的是24小时无陪护制度，每位住进监护室的患者所有的治疗、护理全是由我们护士完成的，我的愿望就是要把我看护的每一位患者护理得细致、周到，每天我会定时为患者进行全身温水擦洗。经常碰到从农村来的老人，有些老人甚至好几年都没有洗过澡，每当我掀开被子，他们全身会散发出难闻的汗臭味，为他们擦身时，只要用毛巾一擦，皮屑直掉。当时我的内心犹豫过，然而当我帮一位老人擦洗完后，他真诚地对我说："谢谢，谢谢，太舒服了。"我的内心有种莫名的满足和感动。当他们把那种感激和信任的目光投向你的时候，我觉得即使再脏、再累也是值得的。在患者家属的眼里看到的我们只是忙出忙进、风风火火的白色身影，但是对于病房里的病人而言，我们早已是比他们家属更亲更加依赖的亲人。白衣天使不再只是一种称呼，而是实实在在的存在于每位患者的心里。

生命是伟大的，可在病魔面前就会变得脆弱不堪。如果说生命是一趟单程列车，那么通过医生的精湛医术和护士的精心护理，可以让列车的终点得以延续。所以我愿将我的全部精力奉献给每一位患者，希望在我们的努力下，他们能够早日康复。作为年轻人，我既有过"心浮气躁、眼高手低、生不逢时"的感叹，也有过"自以为是，盲目服从，无所作为"的迷惘。但是来到宁医大总院，看到全院职工同心同德、攻坚克难、苦心经营、誓求发展的精神风貌和工作态度后，我幡然醒悟，我的梦就是用天使圣洁的爱，给人间多添一些温暖和欢笑。

我很庆幸见证了医院十多年来的辉煌与发展，并能一如既往地参与到医院未来的发展壮大中去。秉承医院的光荣传统，靠着这股不服输的精神，努力地实现着自己的梦想。在宁医大总院这个人才济济的大熔炉里，我虽无过人之处，可是凭借着一腔热血和对患者的一颗真心，得到了同事们的认可和患者的信任，这更加激励我在以后工作中不断奋进。在宁医大总院这样的大平台上，要实现自己心中的梦想，只有让青春在奉献中燃烧，才能点燃生命的激情。这不是一句空话，也不是一句套话，而是我郑重的承诺、无悔的选择。

首先，要给自己准确的定位，报以最高的热情，以务实的学习态度踏实地工作。随着竞争日益激烈，看到我院许多医务人员的危机意识、风险意识、责任意识和自我保护意识逐渐增强，为不被在残酷的竞争中淘汰出局，我只有拼命地充电加油，循序渐进，反复进修学习，在学习中提高自身的专业素养，更好地为患者服务。医院是一所社会的大学，每位同事都是我的老师，都是我的学习榜样，有许多知识我都需要不断更新和完善。这是因为，一方面学校里学的多是理论，而医院需要的是实践能力和综合素质，需要的是把脑袋中的先进理论变成活跃的思路，只有抱着谦虚谨慎、务实求真的求知心态，才能取得更好的成绩，才会迅速将理论灵活转变成实践经验，否则只能导致坐吃山空、饮鸩止渴的结果。

作为医院的一员，时时刻刻都要严格的定位自己，树立不与他人攀比名利的思想，不要争这争那，而是摆正自己的位置，爱岗敬业，用爱心和真心铺就生命的绿色通道。我要与医院共同进步，不计较个人得失，踏实工作，厚道做人。目前，虽然医院创造了很好的用人环境，但如果我们表现平平，不思进取，不服从领导，谁会愿意给你提供更大的舞台和发展空间，没有用武之地，怎会有业绩、有所作为？因此，在工作上要主动出击，以敏锐的眼光看到别人未曾看到的，以麻利的手脚解决别人未曾注意到的问题，认真对待每一件事，尽心尽力把每项工作做好。千万不能好高骛远、眼高手低，要积极地从细微处做起，把患者的需求放在第一位。做到眼勤、手勤、腿更勤，每件事都富有创意地把它想得周全、做得到位、办得完美，以只争朝夕的精神，投入十二分的工作热情，争着抢着干、比着拼着干，最大限度地发挥自己的潜能，为医院发展做出贡献。

最后，把自己定位为主人翁，建立与医院血脉相连的共同体。医院的发展壮大与我们每个人息息相关，需要我们每个人从自我做起，从身边做起，并协助他人做好工作。在医院这个团队里只有我们每个人的价值都得到最大限度发挥，医院的价值才会有最大的实现。

天使的翅膀

总医院PICU　谢　峰

都说你是天使
在黑暗中向着光明飞翔

身着耀眼的白色
便是你最美丽的衣裳
都说你最美　即使风雨袭来
甜美的微笑总是挂在脸上
给那些无助彷徨的人们
坚强和希望

你是天使　你是战士
你的身影总是出现在
一个又一个没有硝烟的战场
即使那里洪水肆虐地动山摇
即使那里细菌病毒飞扬甚至鲜血流淌
你总是用大无畏的精神
诠释着医者仁心救死扶伤

你总是与病魔死神“零”距离
却用精湛的技艺
将一个又一个生命救起
世界因你而美丽
你的圣洁化作漫天的星雨
书写着一个又一个不老的传奇
雪夜里的火焰不及你的炽热
夜空中的明星难掩你的光芒
你用有力的臂膀撑起一个个希望之伞
你用诚挚的心点燃一盏盏生命之光

美丽三极地

心脑血管病医院心血管内科　赵佳媛

青春叛逆的我有个愿望，去南极看看企鹅萌萌哒，去北极领略北极光的冷艳。那一年的雪花飘落、寒风冷冽，我的足迹没有走出宁夏的边境。大雪无情地将我的足迹覆盖，我努力地奔跑，想留住我的痕迹，事实告诉我那只是徒劳。再见了，南极的企鹅，北极的北极光。我有着淡淡的遗憾与失落，就像涛声依旧那样，很多的事情都没有发生改变，只是你的心境发生着潜移默化的变化。

北极、南极遗忘在内心的某一个角落，我发现另一个极地，美丽三极地——宁医大总院，我没有准备太多的东西，就开始了生命的旅程。总医院的高度是任何山脉不可比拟的。因为生命的高度是不能用高度衡量的，虽有高度但不冰冷，我像虔诚的膜拜者，跪拜上苍的暗示，跪拜生命的高贵。虔诚的内心三拜一叩首，虽然磨破了双膝，但对生命的希望、不放弃的信仰，从来都没有动摇过，总医院的辉煌成就、悠久的历史文化，吸引着四面八方的膜拜者。这是一种信仰，更是一种责任，总医院责任扛在肩上，生命放在心上。

找不着方向的我，想来一次说走就走的旅行，买好了旅行箱、遮阳帽、压缩饼干，一切准备就绪。那一年的枫叶染红了香山，留下太多愁。旅行箱、遮阳帽静静地躺在了那个角落，只有压缩饼干被我吃光了。我忘记了大好山河、我喜欢的那个地方。再见了旅行，听松涛的吟唱，背起重重的行囊已经对我没有诱惑。

有一天我被生命的味道诱惑,美丽三极地——宁医大总院。冰冷的现实把我的心洗礼,无情的车祸夺走了一对夫妇的生命,他们被推来的时候,鲜血浸透了他们的衣服,姐姐拉着妹妹站在那里,撕心裂肺地哭声充斥着整个楼道,泪水早已模糊她们的双眼。她们祈求着大夫救救她们的爸爸、妈妈,一遍一遍地呼喊着爸爸、妈妈,抢救紧张地进行着,此时我听不到任何声音,除了哭喊声,我只看到来来回回穿梭的脚步,孩子眼中的惊吓和祈求。血腥味模糊了我的嗅觉,汗水不合时宜地浸透了白大褂。会诊科室的专家都来了,为了生命,为了孩子的期盼更是为了自己的职责一起努力。刺耳的仪器报警声刺痛着我的心,我的内心在呐喊,你们快起来啊,没看到你的孩子吗?她们是多么的漂亮、可爱,舍得离开吗?心电图波消失了,直线成了我最讨厌的几何图形。死神还是来了,年轻的爸爸、妈妈去了天国,留下了年幼的孩子。想想自己真是可笑,小小的情绪就会把自己折腾个半死。她们更悲伤、更需要拥抱。我下班了,第一次残酷的场面让我的内心崩溃,我痛恨自己的无能为力,眼泪流得都没有借口,责任压得我喘不过气,老师告诉我这样的事情每天都在上演,我们能做的就是,守护生命、守护希望。像春雨一样浇灌万物,与死神抗衡。在三极地有糟糕的天气,但我们的心是火热的,会融化千年冰层,使千年雪莲盛开在最寒冷的地方。

有一天我奔跑在沾满泥泞的路上,天很高、很蓝,闭紧双眼,做一个深呼吸,好舒服。雨过后烟雨蒙蒙,夏天的燥热早就无影无踪,彩虹也毫不吝啬地装饰着蓝天,与红花绿草相互呼应。微微的风儿吹过凉亭,悦耳的风铃声迷惑着我。我放慢了脚步沉浸在这惬意的意境中。我忘记了还需要做什么,只是在贪婪地享受。

雷鸣闪电破坏了这份惬意,三极地天空乌云密布,第一次看见魏来,白净、阳光的大男孩,爱笑,无力地躺在病床上,单薄的身体显得病员服好大啊,每次看到他,心情都会莫名其妙地好起来,他的病好重啊,28岁本该恋爱、创业的他却只能安静地躺在病床上,对于他来说前面的路都不知道通向何方。他每次的病情变化,牵动着科室的每一个人。我们用爱心让他知道你不是一个人在奋斗,你的身后有着一群人为你加油,你不是贫穷的,我们的爱心、还有你的妈妈,爱是你最大的财富。他要出院了,北上换心脏,在走的那一天,我们买了一个蛋糕,点燃蜡烛让他许了一个愿望,我不知道愿望的内容,但我在祈求你可以回来,让我们再看见你,愿望空了,他没有机会再看一眼可爱的家乡,就那样的走了。三极地——宁医大总院生命的摇篮,在这里有生命的诞生,就有生命的逝去,完成着生命的轮回。虽说这轮回让我的心痛楚。

美丽三极地——宁医大总院,您是大树在我的心里扎了根。

因为有“你”

——绿叶对根的情意

总医院门诊手术室 杨伟娜

一花一世界，一叶一菩提。如果把宁夏医科大学总医院比作巍峨的高山，那么，我愿做高山上静默无语的石头，日夜守望高山的成长；如果把宁夏医科大学总医院比作浩瀚的海洋，那么，我愿是海洋里翻腾跳跃的浪花，永久折射海洋的品质。如果说宁夏医科大学总医院是一片沃土，那么我就是这片沃土上的一棵小树；如果说宁夏医科大学总医院是一棵大树，那么我就是这棵大树上的一片新绿，这就是绿叶对根的情意。

2015年秋，我心爱的宁夏医科大学总医院迎来建院80周年华诞，这既是医院发展史上的里程碑，又是医院继往开来、加快发展步伐的重要时期。80年的岁月见证了宁医大总院的成长，我作为手术室的一名普通员工，在这个美丽的大家庭中，已经走过了10个年头。回首过往，怀着一颗感恩的心，感受着、收获着、甜蜜着、满足着。依稀记得那是2006年的秋天，一个收获的季节，带着美好的憧憬和自信的我走进了宁医大总院这个大家庭。这是宁夏最好的医院。毕竟刚刚走上社会，多少带着校园生活的气息，轻松散漫却又好高骛远。在这里我的思想得到了最大的洗礼，在这里我迈开了人生十字路口最重要的一步。刚进科室，繁重的工作量和我对业务流程的不熟悉，让我有些苦闷，不过我还是咬咬牙默默地坚守。耳边总能回响起领导激励的话语：责任心是工作的基石，勤奋是攀登的阶梯。在领导、家人的关心和帮助下，我很快地适应了工作。第一次穿上白大褂，面对陌生的病人，忘不了心理那种忐忑不安，但更忘不了病人给予我的信任的眼神；忘不了第一次协助医生做手术，有些慌张、有些无所适从的我，但更忘不了大夫给予我的帮助，让我知道了手术需要冷静和严谨。

回首过去的10年，回首3650个日日夜夜，我感慨万千。此时，我脑海中不断闪现着一幕幕同事朋友们的身影……

在那一个早晨，我看到为了我们一日三餐而起早贪黑的食堂里的叔叔、阿姨。

在那一个中午，我看到手术室门口已经冰凉的饭菜正等待着做手术的所有同事。

在那一个傍晚，我看到因为每天辛苦劳累而面容憔悴的医生。

在那一个深夜，我看到急诊大楼依然灯火通明、彻夜抢救病患。

在那一个春天，我看到同事们热火朝天进行着业务学习。

在那一个夏天，我看到在烈日下汗流浃背而昂首挺胸的保安。

在那一个秋天，我看到默默无闻地把器械清洗得闪闪发亮的护理小妹妹。

在那一个冬天，我看到在冰冷的水中用双手把衣服清洗得洁白无瑕的清洁阿姨。

我知道我们的同事用爱和责任挽救了无数病人的生命，我知道我们的同事用坚定的意志和强健的体魄保护着医院的荣誉！每一天，我都被身边的人感动着！人是感情动物。当一种感情沉淀于心底，渐渐酿成一坛醇厚的米酒后，那浓浓的酒香便掩饰不住地从各个角落飘散出来，香了伊人，醉了痴人。宁夏医科大学总医院的每一个员工，对这个“家”都有着深厚的感情。在这里，大家亲如兄弟姐妹，医院里洋溢的愉悦、惬意、温情像一坛香味醇厚的米酒，让每一个品尝它的人都能够感到它的纯正爽口，它的香甜味浓，并久久地珍藏于心海，回味于温馨。因为有“你”，我得以在毕业之后就来到了宁夏最好的医院；因为有“你”，让我看到了医生无私奉献的身影；因为有“你”，让我在这里找到了家一样的感觉。因为有“你”，我肩头扛起了服务民生的大旗！因为有“你”，让我深知绿叶对根的情意！

渐渐的，我明白了，选择医学！就要不断地去挑战自我、经营自我，发挥自己的潜力和干劲，去感受生活的真实，才能体现自身的价值和无限潜力的推动。明白了选择医学就是选择了一片广阔的天地，需要自己不断地战胜自己。是医院的文化氛围，是领导的民主科学管理，是同事之间的真心帮助让我懂得了只有在平凡的工作岗位上勤勤恳恳、兢兢业业，才能做出不平凡的业绩。白纸才能绘出更美丽蓝图，我将无怨无悔地在这里辛勤描绘我有意义、有价值的人生。

白衣天使，这个受人尊敬的称谓，让我骄傲自豪！我只看见，身边的姐妹踩着脚下这片土地，任日夜交替，任季节变换。疾病与健康，死亡与新生，走在这生命之路的两旁，爱在左同情在右，一路前行一路撒种，将一腔仁爱薪火相传，将这痛苦长途缀满希望星光，直到青丝变了白发，笑看梦想成为现实。在那从死亡线上重新站起的生命所点燃的曙光中，在那初生婴儿的第一声啼哭所唤醒的黎明里，我读懂了这一句：我们是白衣天使，我们是救死扶伤的战士！

回首来时路，我百感交集，展望未来，我信心满怀！因为我们心中都有一种信念、一种责任感和使命感。用勤奋做桨，用智慧做帆，我想我们一定会到达胜利的彼岸。如果我是你的一片绿叶，我永远离不开根的营养，春风中告别了你，今天这方，明天那里，无论我在哪片云彩，我的心总是向着你，这就是绿叶对根的情意！

最后，请允许我用汪国真的诗来结束我的这一段心路历程的记录！

我不去想是否能够成功
既然选择了远方
便只顾风雨兼程

我不去想身后会不会袭来寒风冷雨

既然目标是地平线
留给世界的只能是背影

我只有挖掘自己灵魂深处的真诚
把握瞬间的辉煌
拥抱一片火热的激情
装点生活的风景

为你祝福！为你呐喊！为你助威！为你雄起！

总医院呼吸与危重症医学科　张旭华

数十年风云跌宕，执子之手，悉心相随，亲耳聆听了你的过往，亲手翻阅了你的华章，目睹了你的茁壮，亲身经历了你的辉煌。从小到大，从弱到强；丑小鸭丰腴成白天鹅，蓝马鸡蜕变成金凤凰。事实证明，从宁医附院到宁医大总院，成就的不只是一个名称，而是一个享誉杏林的名牌；医、教、研、考、培，拓展的不只是业务，而是肩负了时代的重任；开创的不只是梦想，而是几代总院人的理想；医院集团，引领的不只是风流，而是医院未来发展的潮流！

以“人格品德至诚至信　专业技术精益求精”的院训精神和兼容并蓄的特色文化，感召着每一个人。全院上下齐心协力、同舟共济，本着“救死扶伤，实行革命的人道主义精神”的原则，一切以病人为中心，群策群力开展优质、高效的医疗服务；全天候、无假日，充分利用网络资源和现代化的管理模式，把最方便、快捷的医疗服务送到患者身边；用诚信的态度、精湛的医术回报社会。人们的口口相传、慕名而至；社会的认可、媒体的宣传、组织的信任、上级的表彰……还有那一面面锦旗、一块块奖牌、一座座奖杯就是最好的佐证。

“以解除患者病痛，维护人民群众的生命和健康为终生追求和最高准则”的核心价值观，激励着每一个人。近年来，由于人们生活水平的不断提高，健康需求也在与日俱增。健康体检、养生增寿、防病治病、寻医问药等医学问题走进了百姓生活，这些需求无形中很大程度地增加了医护人员的工作量。门诊量、住院量、手术量、检验检查量、床位周转率等，不断创新高。面对繁重的医疗任务，总是责任于心、重任于肩、无怨无悔、无私奉献，竭尽全力保四方平安；面对门诊患者，实现了每日专家坐诊、特长公示，窗口、电话、网络预约挂号，专职导医导诊，开放多种绿色通道；面对住院患者，规定了医疗的三级查房、院长查房，护理的三查七对，24小时临床值班等，可确保患者得到全面、准确、及时的诊治；面对疑难杂症，及时组织专家会诊、全院会诊、远程会诊，甚至外聘专家亲临诊治，给患者一个满意的答复；面对“空难”“矿难”“车祸”“非典”“禽流感”“自然灾害”“集体烧伤、中毒”等突发事件，更是大智大勇、冲锋在前、万众一心、众志成城。无论何时何地、无论何艰何难，都能千方百计、想方设法为患者解除病痛，这就是宁医大总院全体医护人员的价值观，因为我们深知维护人民群众的生命与健康，责任重于山、使命大于天。

以“区域性医疗、科研、教学、培训、考试中心，生活、学习、工作并快乐着的家园”的愿景目标，鼓舞着每一个人。曾经的梦想，现在的总院人正在一步步践行之中，指日可待。区域性医疗中心，在几代总院人的共同努力下，已成定势且根深叶茂。目前，宁医大总院以学科齐全、技术力量雄厚、医疗设备先进、专家人才荟萃、特色专科突出、多学科综合优势强大享誉西北。十余个国家级临床重点专科及自治区级医学优势学科；通过了ISO15189医学实验室认可的医学实验中心；建立了生物芯片北京国家工程研究中心宁夏分中心、宁夏人类干细胞研究所、宁夏临床病原微生物重点实验室；成立了多个国家级各种技能、技术、药师、医师资格培训和考试中心等，更让你的事业如虎添翼。科研工作，日新月异。国家级、自治区级自然科学基金等各种科研立项数以百计，占自治区医疗单位的90%以上；参与国家“863”重大专项项目研究；科研经费投入已超亿元之巨；新技术、新业务层出不穷；科研成果，硕果累累，亦呈井喷之势。教学工作，医院始终坚持“三基三严”的现代医学教育理念，具备“学士—硕士—博士—博士后”

整套培养体系，多年来为全区乃至周边省区输送了大批的医学人才。我们都是你的学生，因你而择路！因你而立业！因你而成就！因你而精彩！

医院集团，更是巅峰之作，屹立塞上、独领风骚。以“优化资源配置、实现优势互补”为原则，以“管理输出、技术输出、人才培养、质量控制、多点执业、信息共享、双向转诊”的职能模式，打造一艘不沉的“医学航母”，为本地区人民的生命与健康保驾护航，为宁夏医学事业的发展搭建平台。

我要为你祝福！为你呐喊！为你助威！为你雄起！

坚 守

心脑血管病医院心内血管科 王立纹

人们都说，黄河有着波涛汹涌的气势，大海有着汹涌澎湃的浩瀚，溪流有着韵律自然的节奏，而我的专业却有着为人民服务的精神和神圣而动听的名字——白衣天使。还记得吗？曾经我们举起右手，微弱的烛光温暖着我们的脸庞，在庄严的南丁格尔画像前，我宣誓，我志愿献身护理事业，热爱护理专业。烛光在每一位的脸上跳动，映照着我们稚嫩的脸。我们忘记了周围的漆黑，努力地将蜡烛凑近南丁格尔的脸，美丽安详的女人，就像誓言所说的一样为护理事业奉献了一生，不计较得与失。我们的灵魂融入到烛光里，跃跃欲试的想要靠近她，照亮她，近在咫尺，却又那样高不可攀。我们走在这条路上，追随着她的脚步，一直在努力。

南丁格尔的事迹告诉我们，护理工作是平凡的，然而护理人员却用真诚的爱去抚平病人心灵的创伤；用火一样的热情去点燃患者战胜疾病的勇气。是的，我们选择了平凡的工作，可把这份平凡的工作做好却不易。可否还记得我们曾经怀着激动的心情进入宁医大总院时，老师就告诉我们，选择了护理这个专业，就意味着选择了忙碌、选择了风险、选择了奉献、选择了责任，同时也选择了坚守。当时我们不懂其中之真谛，可当我们成为真正“天使”的时候，终于明白天使翅膀的分量，就像凤凰一样需要涅槃重生。

在总医院我们打针、发药、铺床、输液，我们努力呵护着健康从未停歇；

交班、接班、白天、黑夜，我们用青春书写着生命的感动，治疗、抢救、紧张、担心，我们体味各种的滋味，洗头、洗脸、洗脚、剪指甲，我们用真挚的爱心与真诚的笑容换取患者的信任。为了病人健康，我们默默坚守在自己的岗位上；为了抢救病人，我们忘记了病人喷在我们身上的呕吐物、痰液；为了危重症病人，我们日夜守护；为了工作，我们可以忘乎所以；这就是护士的职责，这也是每一位护士的不懈追求！

在总医院我们委屈过、被病人误解过、我们流过泪、我们也激动过、我们也感动过；不禁让我反问自己的职业是崇高，是神圣，还是伟大？总之，各种情感冲击着我的心灵，可当我静下心想想：辛苦其实就是菩提，也许自己应该停下脚步认真倾听自己的灵魂，也许会发现自己的价值所在。想想从病人来时的愁容满脸，到出院时的眉开笑意中，这不是自己的价值所在吗？我看到了护士的价值，我们整天做的是一件件小事，但从一件件小事过后，我体会到了平凡中的伟大。这才知道坚守誓言的不是嘴上随便说说就可以，它像标尺一样，随时鞭策着你。“人格品德至诚至信　专业技术精益求精”是总医院的院训精神。

在总医院我们明白了死亡的概念，它就像我们的影子，它的脚步从来就没有离开过我们，知道生命是用来敬畏的不是用来挥霍的。当面对那一双双婆娑的眼睛，家属在无奈中苍白无力地哀号，给人以生死别离的痛楚！我们只能尽最大的能力给家属希望，减轻病人的痛苦，去延续他们的生命。这世上，真的没有了干干净净的来，不带走一片云彩的传说！医学本身就是门遗憾的科学，它很难在与死神的搏斗中获取全面的胜利。而当病人因我们的诊治而重焕生命活力时，我们感到由衷之喜，喜入骨髓。这时我明白我们稚嫩的肩膀，扛起的是生命、是希望、是无数个家庭；我们幼小的双手托起的是明天的太阳。

在今天经济持续高速发展的现代社会中，我们的医疗卫生事业仍然需要很长的路要走，如今的医疗体系中我们会频繁地看到网上曝光暴力伤医事件，恶性事件频频上演，每一次都让我们感到了震惊、愤慨和心痛。在体制改革不协调,安全保护体系不完善,医改方向不清晰,广大人民群众对健康需求日益增加的情况之下,医务工作者面对着巨大的压力。可为什么他们要坚守？其实他们只为坚守自己心中的理想:对职业的认同、对工作的执着追求、对生活的热爱。

作为白衣天使的我们,重要的是要去认同自己所选择的工作,有了认同就会认真,有责任感、奉献感。对护士而言,放弃这份职业有一万个理由,可同样坚守这份职业也有一万个理由。这些理由或许微不足道,可就算是病人一个友好的眼神,也能让我们的心温暖而强大。因此任何工作都有他的尊严,如此生活也就不会处处觉得自己比别人矮一截。对工作要有执着追求的劲头,因为不只是这个职业,其他职业一样会面对挫折,面对这样那样的问题。最重要的是如何解决问题,而不是如何面对,更不是逃避。坚守,曙光一定在前方,多发现身边的美好。

奋斗中的白衣天使

肿瘤医院肿瘤内二科 田小萍

春秋轮回，光阴如梭，回首自己四年来在护理岗位上度过的日日夜夜，所做的点点滴滴感慨万千。毕业后，我就被分到了肿瘤内科，听见肿瘤，大家未免会不寒而栗。面对着那些只是为了延长自己生命的患者，把生命托付给我的无助眼神，当我看到自己用百倍的努力把一个个生命垂危的患者从死亡线上拉回来的时候，面对那些失而复得的生命，那些来之不易的欢笑，我就会感到欣慰，我就会感到无憾，我更会感到无悔。我们的职业被誉为“白衣天使”，是人们对护士形象的深情赞誉。一袭飘然白衣，是一颗纯洁的心灵；一顶别致的燕尾帽，是一项守护生命的重任。无数个阳光灿烂的早晨，我们倾听治疗碗盘的协奏曲；无数个不眠不休的夜晚，我们感受生存和死亡的交响乐章。

我们的工作不惊天动地，但是我们是春天的滴滴细雨，让生命的原野再现新绿；似深秋的一片红叶悄然飘落，天使的青春已融为患者康复的笑靥；寒冬一枝枝蜡梅，阵阵幽香带给人生的希冀。我们将会继续与病人的生命同行，让病人因我们的护理而减少痛苦，因我们的健康指导而有所收获，因我们的安慰而树立信心。

记得我上初二那年，父亲因肾病综合征住院，由于家乡医疗技术有限，在住院十几天，病情日益渐重后被转进宁医大总院，转院途中父亲已经昏迷，入院后便进行了紧急抢救，幸好转院及时，父亲才转危为安。不生病住院，难以感受到人生的脆弱和无常，在医院期间，你就会感受到生、老、病、死距离我们每个人都是那么的近在咫尺，人们面临生病和死亡是多么的无助和无奈。在宁医大总院，我亲眼看到一位生命垂危的病人在抢救中复苏，亲人们的欢呼雀跃，另一位老人在抢救中憾然离世，亲人们的号啕悲泣……生死是那样的真切、那样的突然、令人手足无措，一个活生生的人，一转眼阴阳相隔。这些让我对生命有了新的认识，对医护敬佩不已。从那时起，我坚定要做一名医护人员，医生也好，护士也罢，只要可以捍卫生命，可以救死扶伤，我甘心成为一名兢兢业业的医护人员，一辈子奋斗在医学事业中。

肿瘤内科是一个特殊的科室，在那里住的病人都是些要与病魔做永久战斗的人，大多数是癌症中晚期患者，无论是患者本人还是家属，都承受着巨大的心理压力和经济压力，加上受周围人群的影响，他们的内心尤其渴望得到来自家庭、社会等各方面的关爱。烦躁不安、焦虑恐惧、抑郁是中晚期癌症患者的常见情绪表现，有的患者为了避免连累家人自暴自弃，会出现消极、拒绝治疗等情绪。这需要我们有更多的爱心、耐心去护理他们。只有与病人沟通好，护士才能更好地实施操作，病人才能得到更好的治疗效果。

肿瘤科的病人敏感而脆弱，他们面对的是生命的即将凋谢。存感于心的只剩恐惧和害怕，而此时，他们往往因为缺乏关爱和疏导，导致其失意，连看世界的色彩都已完全消退，他们只看到世界的灰暗，生命的变幻无常。如果稍不留心，他们会用最决绝的方式来结束他们的痛苦。而身为肿瘤科护士，不仅需要高超的医术来延长患者的生存期，提高患者的生存质量，同时还要加倍地给予他们更多的心理护理，为他们解除内心的恐惧，以轻松的心态配和治疗。服务源于用心，精于技艺。护理，是一门精细的艺术，只有精益求精的护理人员，才会有优质的护理服务。

在这个科待了四年，我不断地学习，不断地提高自己，用微笑面对每一个患者，为他们细心解答所有问题，并尽可能满足他们的需求。认真学习

“三基”知识，护士长开展了多种形式的基础培训，以专人表演的形式将各种应急预案展示，加强护士在突发事件中的处理，以考试的形式强化基础知识的学习。为适应不断发展的护理事业，护士长在每月的护理业务学习和教学查房上提出更高的要求，不仅要有学习的新内容，而且要以PPT的形式展现，以讲解的形式交流。组织典型病例、典型事件开展讲解和讨论，使低年资护士能尽快适应各种各样的突发情况。虽然一系列的培训和学习要花费不少精力，占用不少时间，但培训和学习提高了我们的素质，加强了临床事件处理能力，能为患者提供更优质的服务。所有人都主动积极地参与其中，没有丝毫怨言，大家的心都想的一样：为了更优质的服务，花费时间和精力，我们愿意！

我愿意在这个岗位上不断学习，不断改进，争取做一名优秀的护士，做一名患者喜欢的护士，做一名无私奉献的护士。

医院的成长,我的成长

总医院药剂科　项艳曾　张　鹏

2015年,对于我们宁夏医科大学总医院,注定是一个不平凡的年份。医院从1935年的那个秋天走来,80年的峥嵘岁月,80年的薪火相传。宁夏医科大学总医院从抗日烽火走向民族解放,从新中国成立走向改革开放,一路披荆斩棘,凝练出了艰苦奋斗的光荣传统,谱写了辉煌的历史篇章,取得了令宁夏人骄傲和自豪的辉煌成就。在一路走过的岁月里,我们总医院荣获了全国、全区多项殊荣。

八年前的我,选择了药学这个专业,这个与医疗息息相关的专业。工作的八年里,我跟随着总医院的步伐渐渐成长。如果我们的总医院是一棵参天大树,那我就是与树干息脉相连的片片树叶。如果救死扶伤的事业是一条奔腾不息的河流,那我就是激流中绽放的朵朵浪花。虽然我没有感天动地的豪言壮语,但却立足于门诊药房的平凡岗位。

药师职业看似简单,想要做好,却真的很难。门诊药房的药品调配工作是把药品通过药师之手转运到患者手中的终端服务过程,是执行医生医嘱的瞬间服务流程,也是医院对患者服务的最后一道程序。药房的药师代表着医院窗口的形象,其服务质量的优劣,将直接影响到医院的形象和声誉。药师不但要重视药品调配的正确率,也应注重发药时的沟通和人文关怀。因为窗口发药时的耐心倾听和细致解释,是可以杜绝很多医疗差错和医患纠纷的。

下面就让我带你走进我成长的实例中吧！

故事一(尊重篇)

快下班的时候，药房来了一位年轻的女性患者：

药　师：您好，请问您是×××？这个药品按照规定必须要先做皮试的，请问您今天做皮试了吗？皮试单请让我看一下！

患　者：(脸有些红，表情紧张)我之前做过了，就上周，都好着呢！你快点给我发药吧！

药　师：抱歉，这个药品凡是停止使用3~7天以上，再次使用时，是必须要重新做皮试的。

患　者：都这个时间了，快下班了。(这时又来了两个患者取药)算了，我不要了，退药吧！

药　师：用药之前做皮试也是为了您用药的安全考虑，况且您的疾病最好按疗程使用，要不之前的治疗就白费了。今天如果不取药会耽误您治疗的。您放心，我们在药房等您，您先去做皮试吧！

患　者：(抬头看了看药师)好吧！谢谢！

药　师：不用客气！

患者诊断为梅毒，需要使用青霉素，为了保护患者隐私，我自始至终都没有提及诊断，但也清晰地向她说明了用药的必要性，这些都是对患者的一种尊重。

尊重是建立信任关系的基本要素，当一个人受到尊重时，就意味着他受到了平等的待遇。如果一个药师对患者尊重，并且当你在与患者交流时尊重患者，就如同向患者传递了这样的信息，我尊重您，您的病情对我很重要，双方便可以在良好的氛围中进行沟通了。

故事二(关注篇)

每天上午十点以后，门诊药房迎来了取药高峰期。

患　者：喂，快点帮我取药，你们医院是怎么搞的，总让病人排队排那么久。

药　师：您好，请出示缴费发票让我帮您查看一下。

药　师：不好意思，今天病人比较多，又是取药高峰，请您谅解。

这时药师已经输完登记号，核对了发票金额，却发现该病人两条医嘱都开具了同类药品(皮肤科开具奥美拉唑肠溶片、消化科开具埃索美拉唑镁肠溶片)。

药　师：您好，您分别就诊了两个科室吗？一个皮肤科，一个消化科。

患　者：没有啊！就看了个皮肤科啊……你快发给我吧！

药　师：可是我看到您有消化科开药的信息。请问是最近去消化科看过病吗？还是您把就诊卡借给别人挂号了？

患　者：你怎么知道，我早晨挂号的时候，有个人说他来晚了，排队挂号时间太长，就借我的就诊卡在挂号机上挂了个号，还多给了我几块钱呢！

药　师：您看，您办理就诊卡是实名制的，借您卡挂号的病人也已经在您的名下开具了药品，时间差的缘故，您已经把您的和他的药费都缴了。您这是好心办了坏事啊！

患　者：啊呀！这怎么办？我就说嘛，怎么这么多钱！这要是吃了还得了！

……

最后，药房找到了使用同一就诊卡挂号的另外一个病人，告诉了他们乱用药品的不良后果，叮嘱病人以后千万不可以这样“走捷径”。

在门诊药房，等待取药的情况时有发生，然而病人通常都比较急躁，容易发脾气，所以药师应当做适当的解释，告诉病人等待的原因，决不能因为患者的急躁就自己也急躁起来，不严格按照“四查十对”的操作规程来进行核对发药。这个例子中，药师通过不同科室医生开具了同类的药品的可疑点，多询问了病人几句，就发现了问题的所在，杜绝了医疗事故的发生，也让病人感受到了药房对他们的重视和关注。关注是一种体现认真负责的态度表现。

故事三（真诚篇）

患　者：嘿，这个药有质量问题，怎么都吸不出来。

药　师：您好，您先别着急，让我看一下。哦，这个吸入剂是这样操作的（药师又细心地演示了一遍吸入剂的使用方法）。

患　者：我吸过了，就是没有感觉吸出来药品啊！这里面根本就没有药嘛！

药　师：您看，这样操作，您再试试，由于药粉量很少，每次吸入时您可能感觉不到它，可是，只要您按我刚才教您的步骤操作，那么就肯定能确保吸入所需的剂量。再说我们的药品质量是经过至少五道质检才能发到您手中的，药品质量问题您尽管放心，如果您确实感觉没有吸到药，我们会给您更换的，请放心。

患　者：哦，不好意思，是我没有搞清楚。

药　师：没关系，这种情况我们经常遇到，因为这是进口药品，病人接触不多，所以不会用也是很常见的。如果还有其他问题，您可随时与我们联系，这是我们的电话号码。

患　者：谢谢，再见！

药师接触到急躁的病人，首先要以礼相待，以诚相待，端正自己的态度，然后耐心细致地解释问题所在，当问题迎刃而解的时候，还要给病人台阶下，态度不卑不亢，让病人感觉到药师的真诚，体现出药师的素质和人文关怀。

有人说医术的另一半是沟通，同样对于我们药师来说，尊重、关注、真诚地对待患者也是改善医患关系的三件法宝。当然这三件法宝的获取是需要我们在工作中不断地学习和积累的。在这短短不到一分钟的发药时间里，审核处方，核对药品、病人姓名、金额，发药交代，复杂的流程成了我们习以为常的本能。如果处方稍有疑问，我们绝对不会吝啬多花一些时间再次核对用药安全。我们将尽可能把所有掌握的药物专业知识告知病人，来指导和帮助病人正确用药。

我在成长，用自己的热情来对待工作中的种种事务。我会继续努力工作，汲取总医院这棵大树的养料，慢慢开出让患者赏心悦目的花朵。当然，这只是发生在我身边的三个普通例子。在窗口发药我们时常会遇到许许多多的问题，比如药品价格问题，退药问题，药品损坏及丢失问题，麻醉、精神药品处方用量不当等一系列需要耐心给患者解决的问题，我们都会从尊重患者、关注患者和真诚对待患者的角度进行耐心细致地沟通。

80年的风风雨雨，几代人用心血和汗水为总医院的发展积累了坚实的物质基础和丰厚的精神财富。曾经有许多医生、护士、药师等工作人员为总医院做出了巨大的贡献。正因为有了他们的付出才有了今天的成绩。我要秉承他们的工作作风和高尚医德，把我们“宁医大总院人”积极进取、不懈努力的精神发扬光大。

可爱的急诊人

总医院急诊科 马海涛

急诊,我将青春奉献与你
　　愿你陪我走过春华秋实
我将汗水在这里挥洒
　　愿你我能将生命延续
青春,我愿在这里将你放飞
　　让我在前行的风雨中长出结实的翅膀
　　让我在困难的洗礼与磨炼中扶摇直上
我,渴望在这里飞翔
　　渴望带着生命的种子播撒希望
　　用希望的种子造福每一位患者
放飞了！我五彩的青春
　　我要用激情去谱写生命的乐章
　　我要用智慧的双手来挽救年轻的生命
无情的风雨阻挡不了我前进的步伐
　　伴着青春的舞曲,我一路向前
　　走在急诊人汇聚的道路上,我无怨无悔
在那青春的年代
　　我愿舍弃万家团聚奋战在急诊一线

我愿舍弃花前月下的浪漫帮助患者解除病痛
在那没有白天与黑夜的战场
我们无谓青春的匆匆流逝,但求病魔早日驱除
我们无谓汗水与疲惫,但求生命更加精彩

拨开尘封的记忆

——写在建院80周年之际

总医院办公室档案室 杨晓燕

人生就是一场战斗，许多人在为生命创造辉煌的奇迹而忘我的奋斗，然而努力不是人的目的，而是一种手段，生活中我敬佩的那些自强不息的人，听到他们的故事，心里自然流露出一种敬佩之情并热血沸腾，有的人成功了，有的为此付出生命的代价。

——摘自复旦大学于娟博士死前《生命日记》

“2003年4月7日至18日”，是宁夏医科大学总医院永远无法忘记的时刻，如同记忆的烙印，宁夏抗击“非典”即从那一刻开始。凭借着沉着应对、坚持科学、果断决策，宁医大总院实现了住院患者零感染、医护人员零感染、社会人员零感染的佳绩。

“4月11日是个特殊的日子……”“相信科学，恪尽职守”这些铿锵有力的词句，时常会从宁医大总院杨银学院长的口中听到。而作为不曾亲身经历的抗非战斗一线的我，心里有些沉重！“非典”之页虽已翻过，但为了忘却的纪念，我们应该多一分审视、多一些反思。

回忆宁医大总院纪念抗非胜利五周年，医院特别举办了一场“回忆访谈录”活动；抗非十周年之际，医院又精心策划展出了“辉煌十年，感悟十年抗非图片展”，展现“临危不惧、沉着应对、实事求是、尊重科学、无私奉献、顽强拼搏、万众一心、众志成城”的“抗非”精神，在院区树立了“大爱无言”纪念碑。当接手档案管理工作后，我有幸翻阅到“非典”时期来自各行各业的捐赠物，其中包括当时爱心人士用中草药做成的“红色桃心”祈福包、各院校学生送来的“爱心祝福寄语”……还有许多医护人员的请战书、党团支部的倡议书等珍贵的实物档案。当看到杨银学院长先后亲自提笔写的《抗击“非典”，挑战死亡》《凯旋在五月》《抗非十周年祭》时，字里行间不禁拷问：“非典”到底告诉了我们什么？留给了我们什么？

> 正义终归要战胜邪恶，世界不可能划归给魔鬼，中国的医疗界也不可能让“百年魔鬼舞蹁跹”。可是，人们要记住天使在战争中付出的代价。
>
> ——朱晓军《一个医生的救赎》

“非典”之灾已过去十余年，但一直如一面镜子，映射着人的生命、健康的价值、传统和习惯、医疗卫生体系等很多热门话题。但无论追忆多少故事或者澄清多少事实，十二年的磨炼，至少现在人们都学会或者敢于正视问题，制定各种应急预案机制毋庸置疑。而那些经历过“抗非”的英雄天使们，让我对“大爱”这个字眼有了更深的解读。给“大爱”一个简单的注解，是“爱”的升华，因爱民众，而成“大爱”；宽广博大的爱，施与众人的爱。遇到自然灾害、各类事故发生时，我们的白衣战士总会奔赴一线挽救无数生命，而这个时候，大爱无疆、大爱无言的赞美词蜂拥而至。但我深信：所有的医护人员，并不希望自己只在危难时刻被看作“白衣天使”，而在平时却以不雅之词代称。如果说“非典”的发生，以某种悲剧的方式重新修建了医患之间、人与人之间的信任关系，重新让人意识到人和人之间彼此信任、相互扶持和帮助的重要性。那么十多年后的今天，在暂时远离了危机的此时，信任是有增无减还是朝相反的方向走？无法解释。医患矛盾总是时不时被点燃，医疗暴力让医生群体受到伤害的次数反而在悄悄上升。作为医护人员，此时又该用什么去承载这份“大爱”？从朱晓军《一个医生的救赎》新书中，我好像品读到了答案，那就是“良心”和“责任”！

> 中国一直以和谐唯美，而真正的和谐是什么？就是在坚持不同声音、不同观点的前提下，对于他人的一种宽容，一种融入。其实这就是君子之道。
>
> ——于丹《论语心得》

讲良心，尽责任，乃医德之魂！这样定义我不觉得夸张。从抗非的资料中折射出医护人员的广大心声：“有多少委屈，有多少困难，救死扶伤就是天职！”质朴简单的道理，其实是种慰藉，更是一种支撑的力量。我们的医护人员日复一日、年复一年地奔赴在临床第一线，面对形形色色的患者和突如其来的各种“变故”，却凭借着一颗善良的心，呵护着一个个生命！君子之道谈何容易？医患之间、患者之间的博弈，由谁来权衡？怎样才能使医患间的关系日渐走向和谐？很想寻求这些问题的答案，只能不停地告诉我们医护人员，在遵循自然科学规律的轨道上，不管生活、工作的重荷负载有多少，卸去那份多余的沉重，真正用责任和良心去完成所赋予的使命，只是需要一点“勇气”而已。但就这点“勇气”，需要付出得太多太多……

时间如弹指之间，白驹过隙。我们必须永远怀念那些因为“非典”而不幸被夺走健康及生命的人们。医学是一门特殊学科，任何一种有效诊疗手段和方法，在从尝试到标准建立的背后，可能是大量患者和医护人员的牺牲。到此，想借用郎景和医生《生命的价值》一文中的话收尾：“生命是任何东西不能补偿的，维护生命是人世间的最高奖赏。唯此一点，医生又有何求！”

尾记：来院工作已十个春秋，虽没有经历抗击“非典”的那段“惊心动魄”，但每每听到周围老师和同事们谈起那段记忆，特别是接手整理医院历史档案的这几年，文字和图片的真实再现，让我从心底深处敬畏和理解可爱的“白衣战士”，秉持一份热爱，一份共同的坚持在总医院走过80年心路历程之时，忆往昔，颂精神，祝福我们美丽的“家园”！

关于总医院的一些小事

总医院门诊部 张冬远

转眼间我来宁医大总院工作已经五年了,同时今年也迎来了总医院建院80周年华诞。作为一个外地人,对于总医院的历史典故只是从书本、网络上了解到的。所以关于总医院,我只谈一些亲历的小事。身为总医院的一员,经常会被人问到一些问题,比如:你们医院为什么那么多病人?对于这个问题,我总是说因为我们医院的医生水平高、医德好,医院的技术力量雄厚、设备先进。

其实对于总医院的口碑和印象始于我来院工作之前。当时我来总医院面试,在公交车上听到两个人的交谈。现以A和B来称呼两人。A:去总医院看病吗?B:是啊。已经好了,今天去复查。A:得了什么病?B:据说是肺部感染。以前在××医院住院来着,拍了片子,那边的医生却没能给出一个明确的诊断,用了药也不见好。后来去了总医院,那里的专家一看就给出了诊断,用了药没几天就好多了,今天去复查。要是真得了什么病还得去总医院治。怪不得总医院那么多病人。我在旁边听到两人的对话,对总医院的敬仰之心油然而起。并暗暗给自己打气,一定要面试成功,留到总医院。后来各种机缘,我终于如愿以偿,成为了总医院的一员。

一晃过了五年,前几天我老家的亲戚来银川玩,住在我家。来后第三天,突然对我说,她发现自己意外怀孕了,而且出现了腹痛和阴道出血等先兆流产的症状。我说带她去医院看,她说怕麻烦自己已经去附近的某专科医院看过了，想做人工流产（因为已经有孩子了，这个孩子本也不打算要的）。那家医院做这个手术大约要1500元，而且目前以他们的技术水平还不能做。原因是孕囊太小，不适合药流和人流。让回家好好养着，等大了才可以做。可是阴道出血这么多，怕根本就等不了了。我说还是去我们医院看看吧，听听我们医院的医生怎么说，我不信我们医院的大夫这么个小问题还要让病人这么纠结痛苦。果然到了总医院，从挂号到门诊手术完成一共用了一个多小时就搞定了。前几天复查，没有一点残留，恢复得很好。事后她对我说，你们医院技术水平真高，服务真是低价又优质。就拿彩超为例，一个经腹部的妇科彩超，我们老家的二甲医院收费也要100多元了，这里才只要50多元。我这次看病从做手术到后面复查一共才花了800元左右，比其他三甲医院便宜了近一半，怪不得你们医院那么多的病人。

现在如果再有人问我，你们医院怎么那么多病人，我会由衷地告诉他，不仅因为我们医院的医生技术水平高，医院设备先进，还因为我们医院提供的服务价低质优。那些说医院看病贵、检查贵的人，只是没有注意到我们的检测技术和设备更先进，我们能做其他医院不能做的很多检查，我们能开展其他医院不能开展的操作、治疗和手术。

作为宁夏医疗卫生行业的龙头老大，对于许多经济条件差的宁夏百姓来说，总医院可能是他们看病的终点站。作为一名总院人我们应该把这种压力化作工作的动力，除了提高诊疗水平和技术，更应该把“人格品德至诚至信　专业技术精益求精”的院训精神融入服务的每一个细节，珍惜医院80年来积攒的好口碑，不辜负宁夏人民的期望。

勇担使命开启新航程
人性化服务增进蒙汉情

——宁医大总院内蒙古患者接待处成立十周年记

总医院对外医务联络办公室　薛莉娜

十年前，在那个春风拂面、柳树发芽、桃花盛开的时候，宁夏医科大学总医院院长杨银学经调研了解，来自宁夏周边地区的就诊患者占50%左右，其中内蒙古地区来总院就诊的患者病重道远、人地生疏、语言障碍，为了使这部分少数民族患者能顺利地就诊，经院长办公会议研究决定设立"内蒙古患者接待处"，并将此项工作交给医院当时即将退休的罗乐同志负责；她热爱医学事业、临床经验丰富、精通蒙语，而且是一名优秀的老共产党员。

罗乐同志到岗后，立刻投入到紧张的筹备中，制订计划、工作内容、工作制度、选择办公地点、规划室内陈设……一系列工作准备就绪后内蒙古患者接待处于当年5月18日正式挂牌。

十年来内蒙古患者接待处坚持以科学发展观为指导，以深化医改为主线，以惠及民生为根本，落实到内蒙古地区就医人群的优化服务中，认真按照院党委"办出特色"的要求努力工作，兑现对蒙古族同胞"艾力—欢迎你"的承诺，同时在医院各级领导和各部门的热情支持下，接待处在边实践、边改进、边提高服务质量的过程中已得到内蒙古西部地区就医患者的广泛赞誉，就诊队伍稳定且日渐庞大，而接待处的医疗服务也更趋规范、合理、系统化。

强化特色　优化服务

遵照医院对接待处“办出特色”的要求，借助医院设备先进、医疗技术高超、专家教授云集、分科细致的优势以及接待处内浓浓的乡音和乡情，以无偿、热情、优质的服务模式，努力打造医疗服务特色。坚持人无我有、人有我精的策略，在工作内容不变的基础上使接待更加细化，不断加深内涵，不推脱、不流失一位来自内蒙古地区的患者。

内蒙古地区前来就诊的患者路远病重、人生地疏，更有甚者是语言障碍或沟通困难，因此要求接待处工作的主要内容为语言服务，认真对待每一位患者，专心倾听、亲切交谈、回答自如、语言沟通，让他们像在家一样畅所欲言，并为每一位病人制定一套就诊方案，推荐相关科室专家，协助各项检查，保证他们不走弯路，一步到位。诚恳地提供接待处的联系方式，把各种医疗活动、行为建立在相互信任的基础上，像对待亲人一样的为患者提供方便、快捷的医疗服务，并贯穿在接待工作全过程的每一个环节中。根据实际情况，将服务分为：汉族同胞指导就医；蒙古族同胞引领就医；童叟同视协助就医；按照地域划分，接待原则为先远后近。

优化流程　精心服务

接待处每逢周一、周二，接待患者都在百余人，患者来自四面八方，病重广泛纷乱复杂，在人多量大的情况下，遵循“以病人为中心”的服务理念，努力提高专业技能，强化服务意识，结合深入学习科学发展观活动，对接待工作流程进行了梳理优化，畅通了各个环节，建立了完善的就医服务补救措施和病人延续跟踪服务。

接待处要求工作人员熟悉医院各专科的基本特点和专业知识，各学科专家坐诊时间，检查科室位置及检查项目的预约时间，就诊的基本流程。工作人员分工明确、各司其职、团结协作。在平凡的工作中让病人体会那份真诚。

接待内蒙古患者的过程中，工作人员发现患者最希望了解自己所得疾病的病因、病理、转归和治疗。而三甲医院病人太多，各诊室医生太忙，没有过多的时间与病人交流、顾及患者的感受，这些工作责无旁贷地落在了接待室工作人员的肩上，内蒙古地区的患者也在不知不觉中聚集在接待处，提出自己所困惑的问题，接待处的工作人员为了不让他们失望，认真负责地解答、尽可能地满足患者们提出的要求，并将各种疾病治疗、用药指导的小册子和各学科开展的业务、专家坐诊时间的小卡片送给他们。

内蒙古地区的有些患者病情复杂，而且表达能力差，因此有时得不到合理治疗，为了避免贻误或漏诊，分诊过程中工作人员仔细询问，对于分诊不清的患者则需要向其推荐2~3个学科；为了避免重复检查，浪费资源，工作人员在卫生宣教的过程中建议患者妥善保留诊断文件、保管医疗资料，方便连续治疗。碰到蒙古族同胞住在偏远的牧区时，工作人员则主动记下电话、住址进行跟踪服务，为了让患者早日康复，定期及时提醒患者来院进行不间断的治疗，治疗结果欠佳者，常常建议更换就医方式或者中西医结合治疗，等等。

工作人员诚恳、热情、灵活、负责的医疗服务已被内蒙古地区患者接受、认可，甚至是依赖。即便是住院的患者，也要来接待处好几次，希望继续得到帮助，所以经常是由接待处的工作人员与主管医生沟通，然后将患者的治疗、检查、手术方案等信息反馈给他们，在交流过程中，还让他们了解总医院的各项相关程序，告知患者要与医院合作，积极配合治疗。而这些内蒙古患者碰到医疗方面的大小事，也会像对亲人一样征得接待处的意见，这样的信任与依赖，令工作人员无比感动，这份感动同时激励着接待处的每一位工作人员要为他们提供更好的服务。

锐意开拓　创新服务

在多年的接待工作中，接待处与宁夏毗邻的内蒙古西部三市一盟九旗一县的就诊病人有了广泛的接触，也曾多次赴内蒙古西部境内进行考察或走访，了解他们对医疗服务的需求和愿望，大家深知医疗资源共享、医疗联盟会让四方受益，因此接待处还发挥着互通信息、牵线搭桥的作用。

1.医疗互动、服务于民

根据院长指示，接待处在医务处组织下先后对阿拉善盟、乌海市、临河市卫生局及辖属多家医院进行友好接触、考察并组织进行了各种形式的座谈，会上表达了总院人对内蒙古地区同行及蒙古族同胞的友好问候以及今后在内蒙古地区开展多方面合作的真诚意愿；总院人居安思危，积极开拓医疗市场的超前理念得到大家的高度赞誉。

之后的几年里接待处应邀走访了阿拉善盟、临河市、乌海市的几十家医院，在参观、考察的同时也送上了总院人的诚意：总医院画册、各期院报、各科室简介、健康教育处方等。其目的是在医疗互动的基础上增进了解，给予基层医院的同仁们充分的尊重和理解，也为他们来总医院参观、学习进修打开方便之门。为了解医疗市场的城乡差距以及农牧民真正的医疗需求，总医院多次前往阿拉善盟各旗、乌海市各区、临河市、乌审旗等地进行实地调研，数次到牧民家探望，并将农牧民实际需求结合到接待工作中。

由于内蒙古各地区医院的各级领导及农牧民兄弟们的信任和要求，我们深感责任重大，内蒙古地区协办的事，接待处全当自己的事一样认真对待，帮忙办理，如2006年，当乌海市社会保险事业局致函总医院对外11位人员就医资料进行核实时，接待处一一协助办理，并牵线乌海市中蒙医院、鄂托克前旗医院、阿左旗中心医院、阿右旗人民医院、额济纳旗中蒙医院等与总医院医务处、科教处商议关于代培医师事宜，总医院还为来自内蒙古地区的进修成员免去了进修费。当接待处获悉院内有各专科学术会议时，都会通知内蒙古地区的各级医院。

2.资源共享、医疗联盟

2009年内蒙古阿拉善经济开发区管理委员会通过接待处与院办联系接洽，当年3月19日促成经济开发区管委会来总医院考察、参观、学习；7月16日总医院高层职能科室领导赴乌海市、阿蒙乌斯太经济开发区考察医疗市场，与乌斯太管委会洽谈新建医院委托管理，并达成合作协议。

2009年6月阿拉善交通台通过接待处，恳请总医院委派专家进行“关于胆结石疾病的病因与防治”广播宣教，随后总医院及时安排专家给予支持，7月4日播出后，收到良好的效果。

2010年接待处促成阿拉善左旗、阿拉善盟、乌海市关于医保联网，异地结算事宜，大大方便了来宁就医的内蒙古地区患者。

2014年在“践行群众路线、关爱牧民健康”主题下，接待处三次协助联系组队义诊：1月17日心脑血管病医院内科党支部12人赴阿盟腾格里经济开发区嘉尔嘎勒赛汉镇为当地农牧民义诊；8月30日宁医大总院中医党支部13人赴阿盟腾格里经济开发区孪井滩义诊；9月26至30日宁医大总院博士协会组织一行17人，由科研处杜勇处长带队赴阿右旗，行程近一千公里为广大牧民义诊，并手把手教呼吸机的使用和院前急救演示，受到当地农牧民和医务人员的欢迎与赞誉。生殖中心3次在内蒙古各地区举办不孕不育症的规范化诊断治疗培训班与义诊，取得较好的预期效果。

接待处多次受命赴阿拉善盟带外地专家教授考察，并利用休息日多次接待来自内蒙古地区企业、医院的领导来总医院参观学习。

2014年7月14日接待处接待由内蒙古自治区内蒙古大学蒙古学学院郝维民教授“内蒙古以外36个省、自治区、直辖市散居蒙古族的生存、生活、工作状态研究”课题组一行8人采访，在宁夏逗留期间，接待处给予方方面面的帮助和支持，他们对在宁夏的医院能为内蒙古人开设一个就医窗口、开通绿色通道赞叹不已，还要为杨银学院长和接待处重彩一笔、留入史册。

3.关注牧区卫生、关爱牧区健康

2006年8月，阿盟阿右旗孟根苏木7位4~11岁的儿童同时发病出现突发指甲剥脱，当地政府非常重视，责成阿盟疾控中心和孟根苏木医院负责人带领7位儿童及其家长来总医院求助，以明确诊断，接待处向相关部门汇报后，于当天下午召集儿科、皮肤科教授组成专家组集体会诊，专家组的意见及建议使他们消除了恐慌，高高兴兴返回了家园。

2010~2011年由接待处联系，总医院医务处、心脑血管病分院办公室、医科大研究生学院组织，先后5次分别赴阿拉善盟阿左旗巴镇、敖伦布拉格、孪井滩、宗别立、乌斯太兰泰集团为农牧民、农民工及当地居民进行大型义诊，共派出97位分别来自17个专业的专家教授参加义诊活动，还为他们带去1.5万元的药品，免费为他们进行B超和心电图的检查；接待了来自嘎查的近1500人次的农牧民兄弟。院长杨银学不仅高度重视而且亲自带队参加了2次义诊活动。这种关注牧区卫生、关爱牧民健康的行动受到当地政府及牧民的赞扬和好评。

实事求是　理性服务

接待处2005年至今协助各类检查数万人次。内蒙古的许多患者已感受到了接待处的方便、快捷，同时也了解到了总医院的就医程序。为让患者节省就诊时间，当天能够返回，接待处的同志们每天都在协助开具各类检查申请单，引领患者就诊、取报告的足迹遍布全院各个科室，求助协诊的电话也打遍了医院的各个角落。接待处在接待工作十分繁忙的情况下，依然要求工作人员实事求是的认真做好记录；接待工作的同时还做了详细的市场调查，调查结果表明：内蒙古西部地区的医疗卫生工作与总医院是密不可分的，他们对总医院的医疗、设备、技术、服务都给予了充分的肯定，而接待处的窗口形象作用也日渐突出，因此接待处依然承诺：给前来就医的患者最好的医疗服务，在不影响医院正常工作秩序的情况下满足他们的医疗需求和愿望，为构建和谐社会贡献一份力量。

接待处的工作人员们每天奔波忙碌着：指导就医、协助分诊、电话预约、咨询解答、联系住院、提请会诊、组织体检、帮助检查、寄取报告、接送病人、挂号打票等等工作，尽管工作重复、琐碎、细小、平凡，但很充实，因为大家面对的是信任依赖我们的蒙古族同胞。接待处的工作人员还在闲暇之余学习蒙古语，一句："赛班努"的问候拉近了与患者的距离，接待处的同志们正在用自己辛勤的工作架起患者通向健康的桥梁。

十年来，接待处的同志们工作由单纯的接待，逐渐地扩展到健康咨询，预约体检，挂号就诊，协助辅助检查，帮助患者领取各种检查单，并进行分析。接待处自2005年5月至今已为1755941位内蒙古患者提供各项医疗服务，接待就诊患者115707人次，其中病情需要提供住院4637人次，为进一步明确诊断邀请相关科室专家院内会诊4018人次，通过接待处体检14260人次，咨询服务60234人次，492次接待由乌海市、鄂尔多斯市、阿拉善盟、临河市等地各医院救护车送来的外伤、出血、心梗、高烧、骨折等病人分送到急诊、儿童急救中心、骨科、心内科、妇科、产科、呼吸内科等科室进行救治。74次通过接待处经医务处外派专家教授赴阿拉善盟、乌海市等地医院为心梗、脑出血、车祸等患者实施诊断与抢救，挽救了一个个鲜活的生命。

时光飞逝，不知不觉中内蒙古患者接待室处已经成立十周年了。十年中，总医院人的真诚已经赢得了兄弟民族的信任。同时，内蒙古患者接待处的成功建立，是宁医大总院建院八十年来在现有医改体制下，寻求发展、寻求创新的一个成功范例，是宁医大总院人敢于承担重任的体现。通过接待处这个小小的窗口，不但增进了蒙古族人民与汉族人民之间的深厚友情，还坚定了改革路上总院人不断前进的信心。在今后的前行道路上，如何能全心全意地为患者服务？如何不断地发展壮大自身？如何在市场经济日渐激烈的竞争中立于不败之地？宁医大总院人一直在不断地思考，接待处的成功建立只是漫漫长路中的试金石，总院人会继续秉承"人格品德

至诚至信 专业技术精益求精”的院训，充分发挥宁夏医科大学总医院在宁夏地区三甲医院的先进作用，不辜负广大患者的期望，心系广大患者，因地制宜，不断地在改革中探索，在探索中前进……

此行将任重而道远。

总院情一路同行

总医院新生儿科　孙志薇

八十年，于历史的滚滚洪流，可能是短暂而不经意的一瞥；

八十年，于一个人来说，可能一辈子，都没有那么长；

而八十年，却见证了宁夏医科大学总医院由1935年南京国民政府建立仅能医治小伤小病的省立医院，到今天享誉西北的设施齐全、技术领先、设备一流的现代化综合性三级甲等医院。

纵观岁月的历史长河，八十年的风雨洗礼，如今的宁夏医科大学总医院傲然屹立于美丽的塞上江南，这是数代总院人兢兢业业努力得来的成果。

犹记，当我还在宁夏医科大学就读的时候，每一位老师在课堂上提起总医院的时候，言语中都会油然地发出一种自豪之感，那时，总医院在我心中是神秘而伟大的；幸运的我，在实习的时候就有幸踏入总医院的大门，临床上的每一位带教老师，都是认真负责、和蔼可亲的，虽然老师每天的工作都很忙碌，但是无论是工作抑或是生活上遇到困难的时候，总会有人停下忙碌的脚步向我伸出援手。那时，总医院在我眼中就像一个温暖的港湾；毕业后，终于顺利地成为总医院的一份子，在工作的近三年里，我有幸由一个职场小白在新生儿科这个大家庭中慢慢地成长。

还记得，在刚刚工作的时候，一想到自己天天面对的都是没有表达能力，只会哇哇大哭的新生儿时就觉得头疼，因为新生儿科是一个特殊的科室，患儿病情变化快，随时有可能进行抢救，然而所有病情变化都是由护士凭借丰富的经验和密切观察来发现的。这里没有家长的陪护，医疗护理和所有的生活护理全部由护士完成。在新生儿科病房里，总是看到护士们忙碌的身影，听到各种监护仪器的报警声。老师们用过硬的护理技术和丰富的护理经验给予了宝宝们温柔的、无微不至的照顾和关怀，在为宝宝进行各项护理操作时，她们会用关爱的眼神和温柔的话语与宝宝交流。当宝宝哭闹时，她们会用比亲妈妈还专业的技术将生病的宝宝搂在怀里，像妈妈一样呵护他们，在她们细心的呵护下，宝宝们一天天在新生儿科康复成长，她们的精心护理帮助宝宝渡过了人生的第一个大难关。当时我觉得如果能做好一个新生儿科护士，将会有一种莫大的成就感。在这过程中，我看到一个个生病的小宝贝在大家精心的治疗与护理下痊愈出院，听到家属由衷的感谢时，都会有一种自豪感油然而生。

人们总是用“白衣天使”来赞美和讴歌护士，她们日夜交替，颠倒黑白的生活，寒来暑往，心无旁骛地工作，既无浓墨重彩，也无动人诗篇，在这个平凡的岗位上，有的只是那一袭白衣下，那一颗真诚善良的心。然而，作为新生儿科的护士，不仅仅是“天使”，我们必须比妈妈还要细心、耐心地呵护好每一个新生命，对于刚刚出生还在襁褓中的新生儿来说，我们“不是妈妈，胜似妈妈”。

今年，我更是有幸见证了科室的搬迁，由老旧的急诊楼搬迁至现在宽敞明亮的急救中心，在新的环境中，对我们医疗、护理的要求标准更高，我们更加会用心、用情、用爱去呵护每一个新生命，让每一个因为疾病而皱紧的眉头舒展。为新生的生命保驾护航，为幸福生活增光添彩。这是我们每一位新生儿科医护人员义不容辞的责任和义务。

八十年，是总医院发展的一块重要的里程碑，相信在未来，在所有总院人不断努力下，必将乘风破浪，驶向远方。

今天，我为自己是一名总院人而骄傲，等我白发苍苍时，回首那时的总医院，我将更加的自豪。

八十春秋　八十征程

——写在宁医大总院建院八十周年之际

总医院护理部　吴珍珍

八十年岁月　风雨坎坷兼程
几经春秋　几经辗转
宁医大总院傲然屹立于塞上江南
岁月见证了宁医大总院沧桑历史
宁医大总院人心中牢记
人格品德至诚至信　专业技术精益求精
医院的发展史不仅记载着一系列数字
更是承载着这一代代医务工作者的艰苦奋斗史　努力开拓的精神
在宁医大总院八十华诞到来之际
为您祝福　向您致意
祝福您永远繁荣安康
八十年的时间眨眼一晃
一代又一代的医务工作者慷慨激昂
面对荆棘道路　面对重峦叠嶂
艰苦奋斗　开拓创新　稳步向上
换来医院的成长与兴旺
从当年低矮破旧的平房　到如今现代化的医院
从海燕飞翔　华光绽放　金秋飘香　到满誉的辉煌

八十年您用如刚的意志　抗击着一场场雨雪风霜
八十年您用如虹的气势　迎来一个个初春的朝阳
八十年后的今天
走进医院
透过干净的走廊和整洁的病房
滚滚而来的气息透露着紧张
白衣天使忙碌的手深入浅出　通体弥漫着天使的芬芳
地有前峰　方能撑起天空
海纳百川　定能朝夕波浪
八十年的诗篇书写的是一首首的壮美史诗
八十年的画卷翻开的是一路路的豪情万丈
勤劳善良的总院人必将越来越幸福
璀璨夺目的宁医大总院必将越来越辉煌

宁医大总院八十华诞赞歌

心脑血管病医院麻醉科 曹 池

光辉历史八十载，总院旧貌换新颜
外科大楼平地起，雄伟壮观矗眼前
医院领导是核心，跨越发展领头雁
医教科研结硕果，人才荟萃百花妍
党员骨干勇带头，非典面前不知倦
医疗质量是根本，治愈患者心最甜
真诚服务老百姓，质高价廉得笑脸
白衣天使心慈善，护理患者爱无边
南丁格尔是榜样，博爱奉献暖心田
三分治病七分养，护理能顶半边天
专科建设有特色，疑难杂症苦钻研
麻醉平台强有力，外科施展不等闲
管理到位出效益，财务监督猛着鞭
心院管理有妙法，品管圈里有体现
医德医风不松懈，医患和谐谱新篇
大爱无疆真情在，汶川地震战前沿
成绩斐然获嘉奖，硕果累累薪火连
辉煌成就图片展，不忘前人永向前

总院八十大庆时，全体医护舞蹁跹
我们赞美总医院，救死扶伤总在先
我们歌颂总医院，杏林花开春满园
啊……大美总医院！

医 者

心脑血管病医院心血管内科 赵佳媛

当未来的某一天生命被我们挽救
患者得以痊愈
那是学医人的精神
对生命的希望永不放弃
那是学医人的信仰
仁慈的心
精湛技术
高尚医德
那是学医人的条件
医者仁心
仁心仁术

当我呱呱坠地
是您第一个抚摸我
当我咿呀学语蹒跚学步
我见到您
我们之间有难以言喻的情感
生老病死

息息相关

医者
白衣使者
拯救生命
远离疾病折磨
救死扶伤
甘愿为此奉献一生

医者
心里的种子
崇高的理想
一生的追求
承载生的希望
见过生离死别悲欢离合

医者
没日没夜
无休无止
奋斗生命一线

医者
严谨一丝不苟
用手温暖疾病床前的老奶奶
不记得自己何时回家
看过父母
参加过家长会

操心着病人的吃喝拉撒
而自己却经常忘记餐点
有胃病有点洁癖有点神经质
谈论的话题总是患者
一群永远不知疲倦的人
一群用爱心撑起生命蓝天的人
一群对家人有着愧疚的人
一群永远有担当的人

我为“检验”代言

心脑血管病医院医学检验科　黄勇翔

医院要运转，检验科是重要的一环
医疗三百六十行，检验是重要的一员
技士、技师和主管，职称大小都要干
实验室里不平凡，仪器设备大声转
看似熟练操作员，其实深奥在里边
你只看到满纸的数据，却没有看到标本千千万
你只知道缴费化验较贵，却不知道定价并非医院
你可以抱怨等候得太久，我有操作的程序在里面
你可以质疑我发的报告，我要用我的质控来把关
你可以嘲笑我面对屎尿，我怕你不查误诊好可怜
你可以笑话我挣得太少，我比你不少腿脚内心宽
你可以轻视我们的存在，你可以拒绝要做的化验
我会证明没有化验结果，有时候医生也会玩不转
你来看病，体检，检验离不开，我们也好见好散
检验枯燥、单调、乏味和重复，质疑嘲笑也常见
但那又怎样？我们是检验人！我为自己代言！
哪怕是甲流、梅毒、艾滋和“非典”，我们都要上前线
哪怕是麻烦、复杂、耗时和耗力，我们也要解决困难

哪怕是白班、夜班、周末和假日，我们也把报告签
哪怕是年轻、年老、检验女和男，我们无愧检验人
我是检验男，我为自己代言
科室大事小事体力事，咱都一肩担
虽感压抑被骂被误解，泪要肚里咽
正确发出检验报告单，这事大如天
你可千万不要不服气，否则试试看
你是检验女，也为你代言
科室女生半边天，巾帼不让须眉
工作事和家事两不误，怀孕也值班
做事细心耐心有爱心，敏捷确不凡
俗话男女干活要搭配，互补同向前
据说检验员，自己要“带盐”
大家都是检验员，一起大声来呼喊
受苦受累咱不怕，尽心尽力为病患
希望地位能提高，希望你能理解咱
和谐社会和谐院，健康心情换笑颜

一只毛毛虫的愿望

心脑血管病医院内分泌普内科　白华丽

从小我就是一个长相一般，家境一般，学习成绩更是一般般而且脾气臭得要命的女孩子，同学们都叫我“毛毛虫”，可就是这样一个一般的我却有着伟大的理想——救死扶伤、悬壶济世！

2000年高考结束后，分数不是很理想。父亲疼惜地问我：“闺女，以你估算的分数，你打算报哪个专业？”想想家里的情况，再想想自己伟大的理想，既然当不了医生那我就当护士。

在护士学校的三年时光里，我如饥似渴地学习专业知识，梦想着有一天能以优异的成绩来到宁夏医科大学总医院参加工作，因为只有那里才真正是我梦想开始的地方！功夫不负有心人，2003年我如愿以偿地来到宁医大总院参加工作，光荣地成为一名儿童急救护士。理想很丰满，而现实却很骨感！本以为自己会破茧成蝶，成为一个衣着光鲜的美丽小护士，谁知道陌生的工作环境、繁重的工作压力把我打回原形，我依然是一只“毛毛虫”！“怎么办？怎么办？是继续走下去，还是另谋出路？”我在心里不断地问自己，日子就在我的摇摆不定中慢慢流逝。

这一天我刚接大夜班，就有一个刚分娩的新生儿，因为窒息需要转到儿童急救科。当时情况很危急，值班医生说：“小白开放气道给氧，保持呼吸道通畅！”我手脚麻利地立刻清理患儿呼吸道并给氧，吸氧后小家伙青紫的面色立刻稍有缓解，就在我松了一口气时才发现静脉通路还没有开放！

因为自己技术不熟练外加抢救时紧张,竟然一连扎了三针都没有成功。要知道时间就是生命,如果不能及时使用抢救药物,患儿就危在旦夕,我紧张得直冒汗。这时,早已下小夜班准备换衣服回家的陆宁老师,迅速走过来接过我手中的针头沉稳、快速地为患儿建立了静脉通路。来不及多想,我和陆宁老师积极配合医生,全力以赴地抢救患儿,最终小家伙转危为安。终于松了一口气,好险啊！今天如果没有陆宁老师,后果不堪设想,也许这个小生命会因为我的原因而失去生命！直到此时,我才真正明白为什么成长是一种美丽的疼痛,要想破茧成蝶,就必须经历一个痛苦的阶段,把自己包裹在茧里面,暗无天日、没吃没喝,这种痛苦要经历很长一段时间。痛定思痛,我要继承和发扬宁医大总院人的奋斗精神——人格品德至诚至信,专业技术精益求精!

随着医院的发展,人员的调配,现在的我在心脑血管病医院内分泌普内科工作。新的环境、新的同事、新的专业知识都需要我再次不断地学习。作为专科护士,科主任、护士长非常重视糖尿病健康教育工作。记得第一次讲课时,我心里紧张极了,几乎是对着电脑读下来的,护士长没有批评我,反而鼓励我多说多讲,勤能补拙。随着讲课次数的增多,不知不觉中提高了自己的讲课水平和护患沟通技巧。

就在不久前,我院率先在西北五省开展了健康管理疾病管理中心。我也通过自己的不懈努力有幸成为慢性病疾病管理师。通过电话回访为出院患者提供恢复期的指导及健康指导,促进医院改进服务,提高医疗水平,为医院树立良好的社会形象。巩固医院与患者之间和谐关系。针对患者出院的病情,了解出院后的用药情况。给予恰当的相关的护理措施,针对住院时的意见和建议,提醒患者门诊随访时间。电话回访可以提高医疗服务层次,相当于医院的“售后服务”,完善医院的服务环境,稳定了疾病人群,提高医院的服务效果,使病人成为心脑血管病医院忠实的“客户”。

过去的毛毛虫现在依然是只毛毛虫,因为我深深知道没有最好只有更好，宁医大总院是我梦想开始的地方，心脑血管病医院是我继续为梦想奋斗的平台，在这里我收获了坚强、勇敢、吃苦耐劳，我与所有的医务工作者一样，对未来充满信心，有决心守护一方百姓的生命与健康！

在平凡的岗位上书写不平凡

肿瘤医院放疗科 闵 佳

一身雪白的衣裳，穿出了无比圣洁的美丽；

一种勇往直前的精神，扬起了无比神圣的旗帜；

一颗朴素真实的爱心，装点出患者心中的和谐！我们，被人们称之为白衣天使！一个多么至高无上的称号！这称号里，饱含着患者的希望，家属的期许，更承载着万千百姓的信任和整个社会的嘱托！

小的时候，总觉得护士是最漂亮的。长大后，我也光荣地穿上了这身白衣，也有幸成为这太阳底下最美人群中的一份子。刚刚踏入护理行业的时候，我内心很是憧憬。两年多的经历却让我有了更深的感悟！没有太多的豪言壮语，也没有那么多的惊天动地，更多的是日复一日地重复，一次又一次地用心体谅。病人的痛苦是多种多样的，脾气性格也是千奇百怪的，但他们却有共同的愿望，得到医生、护士真诚的帮助，使他们少受痛苦，早日康复！而护理工作者一句关心的问候，一次悉心的照料，一个甜美的微笑，都会使他们心头重新燃起希望，他们的天空会再多一缕阳光。

记得是我刚上班不久的一次小夜班上，我正在病房做治疗。忽然听到有人焦急地喊着："护士，护士！"我赶忙出来一看，原来是25床病人家属。她语无伦次地说："我，我，我刚上了趟卫生间，出来病人就不见了。""不见了？"我刚巡视完病房，病人还在，25床病人可是一个肺癌、脑转移的病人，病人最近有些认知障碍，我们已告知家属要24小时陪护，护士长也特别强调，要加强巡视，注意观察。于是我赶紧跑到病房，一看，果不其然，病人已不知去向。此时，值班医生也赶到了，说："病人病情危重，要尽快找到他。"第一次碰到这种情况，我心里充满了害怕和担忧，心怦怦地跳个不停，但我强迫自己要镇静下来，一边安慰家属："阿姨，您别着急，今天晚上就是不睡，我们也一定帮您找到叔叔。"在迅速报告总值班后，我又来到各病室去发动陪护家属帮忙寻找。我不记得把"拜托""帮帮忙""谢谢您"说了多少遍，心中只有一个信念，一定要找到病人，要迅速找到他！终于，在大家的共同努力下，在医院外的公交车站，我们把病人找了回来，当家属拉着我的手说"谢谢你护士"的时候，一抹欣慰涌上心头。瞧！我的工作多么平凡又多么不平凡。

的确，"病人无医，将陷于无望，病人无护，将陷于无助"，这是我国首位南丁格尔获奖者王秀瑛的话，此刻我对这句话有了全新的理解。

当患者怀着忐忑的心情，焦急不安又满怀希望步入医院的那一刻，如果我们能够笑脸相迎，及时给予引导、帮助，送上一句亲切的问候；当病人住院踏进病房的那一刻，看到的不是冷冰冰的无表情的面孔，而是天使般的微笑；如果病人在承受疾病折磨的时候，能够得到护士们亲切的关怀、暖心的慰问，哪怕我们仅仅是做一个分担其痛苦的听众，耐心听其倾诉……一名真正的好护士不仅是技术上的顶尖人物，而且是最有耐心、最有爱心的，这耐心、爱心是上帝赐给天使的翅膀，是天使带给病人的礼物。

护士是医院里最平凡的岗位，当好一名护士不仅仅是需要精湛的业务技术，最重要的是有一份真爱，能够将这份真爱自觉融入护理工作的每一个细节中。比如：在测完血压后，帮病人把衣袖整理好；在执行护理治疗时，如果病人正在吃饭，应当尽量让病人吃完饭后做治疗；输液时，应当征求病人的意见，选择输在左手还是右手；等等。我们知道，生病的日子，是一个人心理比较敏感脆弱的时候，如果给一个微笑和关爱，患者在得到心理抚慰、享受心理愉悦的同时，也会给予我们充分的信任和尊重。

"爱在左，同情在右，走在生命的两旁，随时播种，随时开花，将这一径长途，点缀得花香弥漫，使穿枝拂叶的行人，踏着荆棘，不觉痛苦，有泪可挥不觉悲凉。”这句话是对我们护士工作最好的诠释。

我坚信，我们洒下的是智慧和汗水，收获的是累累硕果。工作中我们所做的事是琐碎而平凡的，但我信奉海尔总裁张瑞敏先生所说的一句话：把每件简单的事做好了，就是不简单，把每件平凡的事做好了，就是不平凡。在这平凡的岗位上我们一定能够书写出不平凡的人生。

医院印象

肿瘤医院医务科　高　洋

记得小的时候，每当早晨上学穿过这所“大医院”，总能看到有几个老大爷在内科楼前面的绿地里练气功，整个医院在朝霞的迎接中，露出了红彤彤的面庞，霎时，万道金光透过树梢把水面染上了一层胭脂红。从那时起，这所“大医院”就给我留下生机盎然的印象。

父亲是一名转业军人，在这所医院的后勤工作，所以我也在这个“大医院”里长大。在我的记忆里，这里的楼很高，总是一眼望不到头，门前还有一个很大的观赏湖，特别是湖中的假山，在湖水的映衬下，非常好看。除了这些景物，给我留下印象最深的还是这里住院治疗的患者和他们的家属，他们总是三三两两，在湖边、在绿化区里说着、笑着，就好像在自己的家一样，丝毫没有流露出任何的痛苦。在儿时的我看来，这个“大医院”为患者带来了生机，所有来到这里的人都会重获新生。

记得那一年，纷扬的柳絮将春天的美丽携来的时候，也将“非典”疫情传遍了大江南北。而这所“大医院”似乎也成了我们这个地方的“边防要塞”，所有的工作人员都全副武装，戴着厚厚的口罩，穿着白色的隔离服，病房里既没有痛苦的呻吟，也没有过多的欢笑，一切都那么安静、那么严谨。那段时间，父亲总是很少回家，好不容易见到父亲，总能看到他脸上掩藏不住的疲惫，让人揪心，直到后来“非典”结束后我才听说那段时间父亲每天都戴着厚厚的口罩、穿着隔离服为那些疑似“非典”患者提供饮食。疫情过后，万木争荣，所有的阴霾似乎被一扫而光，“大医院”里也渐渐恢复了原有的生机和朝气，又看到患者和家属三三两两、欢笑不断。而像父亲一样在医院工作的人们依然在自己的工作岗位上默默地工作着。

就这样，我在这所“大医院”里渐渐长大，更为巧合的是我也像父亲一样成了这所医院里的一份子。我开始渐渐体会到在“大医院”人的那份艰辛，那份为救死扶伤、为患者生命安全竭尽考虑的赤诚。也渐渐明白了患者脸上的微笑源自于工作者们十二分的努力，那印象中的盎然生机绝非偶然，那是宁医大总院人给予病人的信心与希望。这既是医院的生机，也是医院的魅力，站在这面大旗下，我坚信我们这一代“大医院”人一定会创造出更加美好的明天！

你若精彩　天自安排

总医院总务科　李轩宇

光阴似箭，弹指一挥间，我已在宁夏医科大学总医院工作三年有余了，参与并见证了总医院这几年来所走过的风雨历程，乃至今天所取得的成就。我想说："作为总医院的一员，我由衷地感到欣慰与骄傲，在这里我与总医院共同成长。"

人生不会总是一帆风顺的，在投入、适应工作的过程中，我也曾有感到彷徨和迷茫的时期。那时，我在面对生活与工作的种种挫折时，常感觉倦怠，会愁容满面，开始对一切都失去兴趣，每日满腹牢骚，整个身体都充斥着满满的负能量。那时的我，好像失去了所有的青春活力。

看着我日渐消沉，科室的前辈给予了我关心和爱护，跟我讲起了她的青春："二十年前，我刚来总医院工作，也是二十多岁，那时的总医院院落狭窄，房屋破旧，因为地处郊区，交通也极为不便，全院病区只有一栋三层楼房，内外科都挤在一起。刚工作的时候，生活很拮据，也很辛苦，在工作中，受到过委屈，也曾偷偷哭过。可是，那时的年轻人都很单纯，单纯到每天只想着工作，想着怎么提高自己的业务能力，从不去想那么多凭什么或为什么。做的不好的也会被老师教训，会感到气馁，但也正因为年轻，更有机会成长。现在总医院发展这么好，你们年轻人更应该珍惜每一天，努力提高自己，才会更有机会。"

在听完这些话后，我沉思许久，望着窗外一栋栋高耸的大楼、如茵的绿地，往来穿行的人群，整个院区都呈现出一片繁荣的景象。现如今的总医院规模空前，设施齐全，职工的待遇较之以前也有了极大的提高。相对于他们这些“老人”来讲，我们年轻人不知道优越多少倍。

易卜生说：“青年时代时种下什么，老年时就收获什么”。由此，我想到的是，你在总医院的土壤里种下什么，总医院就会回报给你什么。如果你愿意承担成长的责任，那么你就会获得成长的权利；如果你用积极的心态和全部的热情来对待你的工作，你就一定会收获成就！

在同事和前辈的陪伴和教导下，我在总医院度过了三年时光，在这三年里，我体会到了团队的和谐与凝聚力，也逐步培养自己正确对待工作和人生的态度。看着前辈们辛勤地工作，我懂得了什么是付出，什么是奉献，也懂得了要多替病人着想，多替他人着想。

青春匆匆而过，我们不应再有抱怨，我们这些年轻人应当正视自我，借势而为，燃烧自己的青春，为总医院的培养而做出回报，要以总医院为平台，提高自身，发挥特长，努力为这个大集体奉献出自己的一份力量。

今年是总医院建院八十周年，转瞬之间，总医院也由原来的砖瓦房变为现在高楼林立、绿树成荫的综合大型医院。八十年风雨坎坷，八十年沧桑巨变，对于一个家庭来说也是四世同堂了。正是通过总院人一代代不懈的努力，总医院才有了现在的规模和声望，更多的人慕名而来，更多的人以在总医院工作而自豪，放眼足以傲视西北地区。

人生就像一条河流，有的人选择随波逐流，有的人选择另辟蹊径，我们终将汇入大海，可是，如果不奋力前行，我们就会像泥沙一样沉入河底，没有阳光、没有希望。我们这一代的总医院职工，伴随着总医院快速的发展也一同成长着，在时代的快车上，如果不努力、不奋斗，终将会被淘汰。生活也许不够完美，有时也会历经艰辛，但心若向阳，花必盛开，你若精彩，天自安排。

风雨兼程八十载

总医院内分泌科 李肃宁

抖落双肩的风尘，抱着满怀的欢呼，在这个流淌着丰收和喜悦的美好时节里，我们迎来一个光辉的庆典。

点起八十支红红的烛火，红十字下，细数岁月匆匆，记忆斑驳，我们共庆一个伟大的时刻——

宁夏医科大学总医院八十岁华诞！

八十年，历史长河短暂的一瞬，但在卫生发展史上却留下了浓墨重彩；

八十年，沧海桑田弹指一挥间，但永远不变的是我们浓浓的红十字情结。

八十年风雨征程，我们从容走过；发展的主旋律中跳跃着我们铿锵的脉搏；

八十年岁月如歌，我们坚定执着；社会和谐的奏鸣曲中激荡着我们永恒的心声。

我骄傲，我是一名白衣使者；

我自豪，我是宁医大总院的一员。

站在岁月的肩膀上，透过历史的眼眸，我们不由自主地将目光追溯到八十年前这个永垂青史的地方！

可记否？我们的前辈栉风沐雨，步履蹒跚，开始一步步走向成熟；从此，伴着医患之间倾心的交谈，伴着医务人员真情的服务，宁医大总院蓬勃兴起。

不曾忘！从最初的体温表、听诊器，到如今的CT、B超、X光机；从最初的几个人、几张床、几间小屋，到如今现代化的建筑、智慧医疗、门诊诊室；从最初的单一门诊，到如今的综合服务，几代人艰苦努力，历经变迁，宁医大总院一步步迈向辉煌；

我们不会忘记，老一辈全心全意为人民服务的思想；

我们薪火相传，上一代迎难而上、排除万难的精神；

我们与时俱进，勇敢地应对挑战，在创新中追求发展。

曾经，我们很庆幸！因为我们站在了创业者的肩膀上；

而今，我们更欣慰！因为我们赶上了一个好时代，拥有一个敢为人先的领导集体和勇于创新的优秀团队；

面对一个个医疗难关，一个个紧急险情，我们的医务人员协同作战，沉着冷静，以大局为重，果断出击，高风格高水平，在生死攸关的时刻经受了考验，得到了锤炼；

在院领导班子的带领下，医院年年推出新举措，年年实现新发展；

在一代代医务人员共同努力下，医院年年迈上新台阶，年年实现新跨越；

增设备、引人才，攻坚克难谋发展；强管理，促服务，特色办院谱新篇；

如果说，宁医大总院以速度和质量创造了宁夏医疗卫生史上一个又一个神话和奇迹，那么，宁医大总院更以真情和服务谱写着宁夏医疗卫生史上又一篇华彩的乐章。

八十载峥嵘坎坷，记录着我们的荣辱与辉煌；

八十年艰苦创业，砥砺着我们的追求与信念；

八十个春华秋实，我们聆听一种激情；

八十度花开花谢，我们感悟一种精神；

八十年时光荏苒，我们走过风风雨雨；

八十年岁月悠悠，我们踏上新的征程！

工作感悟

总医院供应室　骆高弘

塞上江南，神奇宁夏，这里有古老的黄河文明，神秘的西夏历史，浓郁的回乡风情……三年前我与宁夏的一次邂逅让我来到了银川，开始了我的理想追求，对生活的渴望以及对未来的探索……

时光荏苒，转眼间我已来银川三年，当我从一个刚步入社会的鲁莽青年演变到相对稳重的青年。记得当初来银川对这里的一切不适应，没有亲人、朋友、同学等等，那段时间自己暗自流过泪，也韬光养晦过，甚至给领导要求周末不休假，这样做的目的只是为了掩盖自己内心的空虚和那份失落感，尽量忙碌起来分散没有必要的想法。也许只有走必须要走的路，以后才能走自己想要走的路，人的一生没有那么多选择；只有认真从容地去面对，胜利的曙光才会向你挥手，所以只有调节好自己，拥有热情，相信未来。

“海内存知己，天涯若比邻”。我很高兴能加入到这样一个大家庭当中来，认识这些同事们，每天他们都以饱满的热情兢兢业业、勤勤恳恳地工作，我被这种乐观向上的精神、求真务实的作风感染着，很快就融入其中、乐在其中，我相信这些经历将成为我人生的宝贵财富。因为被爱，所以感动，因为感动，所以热爱；我现在最大的收获在于内心领域真正那份归属感，致我现在拥有平静快乐的归属感，在这里感谢护士长，感谢所有的同事们，感谢你们一直以来对我的关怀、关爱、包容和理解，让我找到那份平静快乐的归属感，让我明白人生之真谛。

我的工作极其平凡，在这里没有美妙动听的音乐，唯有手中握着的器械发出的音符，与灭菌器轰隆隆的噪音和热腾腾的蒸汽漂泊的棉絮为伴，没有新鲜的空气，每天呼吸到的是消毒液、清洗剂、清洗手术器械的血腥味，各种污染包散发的异味，或许还有被污染的风险，但大家依然没有怨言有条不紊地在平凡的岗位重复每天的工作，同样为病人的健康保驾护航。"她"就是医院的"心脏"，是控制医院感染的重要部门，其工作质量直接影响整个医院的医疗后果，这就是我的科室——消毒供应中心。每天回收这些器械，加以分类，分类完之后便开始清洗、消毒和灭菌检查其保养和器械的功能，再由打包区进行包装，灭菌区灭菌，灭菌前都要做BD试验，试验结果完好，则说明这锅灭菌效果好才能使用，对于进入人体体腔的器械还要做生物检测，检测结果正确才能使用，最后才能贮存，再发到各个病区。虽然工作繁琐，但大家群策群力、和衷共济、相互配合，让工作有条不紊地进展。我通过这三年的工作学习能熟练掌握去污区、检查包装灭菌区无菌物品存放发放区的各项工作流程以及完善应急预案的处理流程，提高防范风险的能力。我们科室承担各科室重复使用的诊疗器械物品的清洗、消毒和灭菌，所以个人的失职将会造成医院感染所带来的危害，同样无菌物品的质量也是控制医院感染的基础，就像科室标语那样"质量的不断改进，是我们永远追求的目标"；所以只有严格要求自己，强化责任心，相互把关，才会对预防院内交叉感染起到重要作用，才会在这份平凡的工作中找到存在感和自我价值观！

最后，我觉得人的一生就应铸造品格，完善人格，在磨砺中锻炼性格；要学会释怀、知足、感恩、回报……还是那句话"拥有热情，相信未来"。

奉献让我更美丽

肿瘤医院手术室　马冬梅

我叫马冬梅，是一名参加护理工作十六年的手术室护士。虽然岁月已在我眼角留下了细纹，虽然我身上已失去了小姑娘的活力与青春，但我依然坚信——奉献让我更美丽。

一袭绿色手术衣、一顶蓝色手术帽、一张蓝色防护口罩遮住的脸庞下露出两只明亮的眼睛，这就是肿瘤医院手术室护士们工作时的形象。是的，这就是我们——一个充满活力、团结奋进的集体，我们虽没有鲜花和锦旗的环绕，可工作的方方面面，记录着我们繁忙而紧张的手术任务，生活的点点滴滴，写满了无影灯下的天使之情！

手术室——一个神秘的地方，一个让所有人听起来都打怵的字眼，但它恰恰又是维系着患者的生命与健康、承载着患者家属希望的地方！每天我们都要接触到需要手术的患者，许多患者带着忐忑不安、沮丧的心情进入手术室，陌生的环境往往使他们不知所措，每当看着家属们恋恋不舍地与患者分开，眼神里充满了期盼，充满了担心，我们心中油然而生一种责任感，他们可是把亲人的安危托付给了我们，我们决不能辜负他们的信任！把患者当作亲人般的关心和帮助——这是我们工作的宗旨和信念！

手术室的工作是一项细致的脑力和体力相结合的工作，是一个需要处处注意细节的工作！认真地做好工作中的每一个细节对于我们来说都是至关重要的！手术中为患者垫好肩垫，盖好棉被，包裹足心与手臂，手术中使用温热液体冲洗切口，用棉签为患者湿润口唇，一句安慰的话语，一个鼓励的微笑，等等，这些微不足道的小事，折射出的是我们对患者的关爱和呵护，增进的是患者对医护人员的信任！

很多时候，当别人已经进入甜蜜的梦乡，我们还在无影灯下忙碌着；很多时候，当深夜的电话铃声把我们从梦中惊醒，我们把温暖、舒适抛在身后，顶着寒风奔向熟悉的岗位，当面对那张被病痛扭曲的面孔和那双祈盼的眼神，同情之心、怜爱之情油然而生，我们毫无怨言地投入了新的战斗。然而，当我们把成功脱险后的患者推出手术室的时候，看到焦急等候的亲人舒展了紧锁的眉头，家属和患者一个感激的眼神，一句由衷的谢谢，都会使我们有种自豪感、满足感。那一刻，我们突然感觉到所有的疲惫都化为乌有，所有的付出都是值得的。一点辛苦，一些劳累又算得了什么。

在做好护理本职工作的同时，我们还十分注重对患者进行心理护理。我们肿瘤手术室每天接待的大多都是癌症病人，特别是乳腺癌患者。近几年，乳腺癌的发病率越来越高，而且发病年龄越来越小。就在前不久，我们接待了一位35岁的女性患者，她的职业是舞蹈演员，做乳腺肿物切除冰冻手术，术前根据患者的年龄和化验检查，医生初步判断像良性肿瘤，所以手术在局麻下进行。手术当中为了缓解患者的紧张情绪，我们一直在和她聊天，就连手术结束等待结果的时间大家的心情一直都很愉快，电话铃声响了，我很轻松地接起电话："您好，手术室3间"。"你好，我是冰冻室，你们18床病人李丽的冰冻结果是浸润性导管癌"。"请你再说一遍好吗？""是恶性的，浸润性导管癌。"当时手术间的气氛立刻变得紧张起来，而我的心也一下沉到了谷底，可以想象，作为一名演员，如果切除了乳房对她来说是一件多么残酷的事情啊！大家都叹了口气"嗨，真可惜"。患者更是放声大哭，无论我们怎样劝说，她都无法接受事实，而且坚决不同意切除乳房，在万般无奈下，我们只好为她穿好衣服，我握着她的手，和医生一起陪她到谈话间和她丈夫见面，经过了漫长的半个小时的思想斗争，患者终于做出了一个艰难的决定——为了生命，切除乳房。两个小时后手术结束了，当气管插管拔除后病人下意识地用手摸了一下胸部，一行泪水从她的眼角流了出来，此时此刻，所有的语言都已经显得那么苍白无力，而我能做的只有紧紧握住她的手，轻轻地用另一只手为她拭去眼泪，病人慢慢睁开眼睛，看到我们所有人投来的鼓励的目光，哽咽地说了声“谢谢大家”，我们的眼睛湿润了。像这样的事情，在我们身边经常发生，我们对患者总会多一份关爱和细心——轻柔的动作，平和的言语，体贴的问候；我们总想尽力创造一个安全、舒适的手术环境，尽量稳定患者的情绪，使他们树立战胜病魔的信心，积极配合医生的治疗。

手术室的工作是无影灯下站立的事业，四方的手术间，三尺的手术台，就是我们挥洒泪与汗的舞台，我们把辛酸埋在心底，把辛苦抛在脑后，把同情藏在心里，虽然甜美的微笑被裹在了浅蓝色的口罩里，但那份真诚依然穿透所有的阻隔感染身边每一个人，让心的距离不再遥远，让所有的疾病望而止步，让垂死的生命超越无限……

我要感谢我的职业，是它让我知道了如何平等、善良、真诚地对待每一个生命，是它让我理解了活着就是一种美丽！我要感谢我的职业，是它让我懂得了如何珍爱生命，明白了平凡就是幸福，奉献让我更美丽！

仁心仁术

肿瘤医院放疗科 白雪红

在这个世界上，有一个院落，它是一个不大的地方，这里有一种人很普通，就像是大海里的一滴水，一旦融入人群里，你可能就很难发现他们。但是，他们又很特别，他们有一个不同于他人的目标：攻克癌症、呵护生命。为了这个目标，他们每天都在付出着真爱，常常在你最需要的时候，出现在你的身边，给你带来生命的阳光和快乐！亲爱的朋友们，在我们温暖的放疗科，就有这样的院落，这样的人。不论何时，总是可以见到我们忙碌穿梭的身影，又无论何地看到的也是我们的默默温情。

讲这样一个故事：2008年的炎夏，一位妈妈的心在滴血，天大的灾难降临到这位母亲的头上，她七岁的儿子患上了鼻咽癌。母亲四处奔走求医，最终找到我们。来时焦急万分、满眼泪水，哽噎着说道："大夫，救救我的孩子吧，他太小了！"是啊，我们痛恨病魔，因为它痛苦的折磨，剥夺了多少人追求幸福的权利！我们绝不允许它继续肆意践踏生命！于是，科主任发出号召："决不放弃任何一个希望的花骨朵！"在最短的时间内，我们为孩子制定出最佳的治疗方案，为的是让这个小生命变得蓬勃、生机！随着时间的推移，治疗有序地进行着，小家伙的鼻咽病灶也在渐渐缩小了，孩子的脸上露出天使般灿烂的笑容，大家也沉浸在欢乐得喜悦当中。然而我们却发现，孩子父母脸上的愁云似乎并未完全消散。仔细一打听才知，原来为了给孩子治病，家里花光了所有的积蓄，现在已是入不敷出、债台高筑！他们甚至有放弃治疗的念头！……七岁！能让你联想到什么？可爱的面庞，天真无邪的笑声，还是妈妈的亲吻和拥抱……可你知道吗？一个年仅七岁的孩子只因为没钱治病就要失去这些美好的生活！我们谁又能承受这一切？爱在左，同情在右，让它们走在生命的两旁。这是我们放疗人的信条！全科上下踊跃捐款，献上我们一片拳拳爱心！孩子的父母得知这事之后激动地拉着我们的手说："今天是我儿子的八岁生日，他苦啊，他没过过生日。但这个生日却让我们终生难忘！因为他又有了一个温暖的家！在这个家里，你们都是他的爸爸、妈妈！"此时此刻，在场的每个人都为之动容，我们决定给我们的孩子过一个最美好的生日！大家都忙碌起来，有人买蛋糕、有人送上精美的礼物，呵，好不热闹！你们看到了吗？这就是我们放疗人，视工作如生命，视病人如亲人，乐于助人，甘于奉献！

其实，在我们放疗科，感人的事情每天都在发生。比如：有一位痛苦不堪的直肠癌患者，经过我们精心、细致的治疗以后病情好转。病人非常感激，临出院悄悄地在留言簿里写下感谢："我来自安徽，谢谢你们，服务很好，当病人就是亲人！"在医师值班室的门上留言："谢谢大夫！"我相信，当我们每个人看到这样留言的时候，内心一定是充满了喜悦和欣慰的，因为，那句"谢谢"是对我们最大的肯定和鼓励，是我们最需要的回报。其实作为普普通通、有着血肉之躯、有着七情六欲的医护人员，我们从不奢望自己死后墓碑上能够刻着"英雄"二字，如果在自己死后有人会对着墓碑竖着大拇指说"这是一名医者"，那么我们的一生足矣。电视剧《心术》中的一段台词，"医生有三重境界。第一重叫治病救人，你能够看好病人的疾病，这只能说明你是一名医务工作者，一名技工，和修鞋匠、卖馒头发糕的师傅没任何区别。微笑服务那是小case，是你作为人应该做的，根本不应该提到评比的标准里去。第二重叫人文关怀，你不仅看好病人的病，你还有悲天悯人之心，对待病人要像亲人一样，我知道你就在这条路上行走。但我希望自己能够做到第三重，那就是进入病人的灵魂，成为他们的精神支柱！”最后，我要对各位领导、各位同行以及千千万万同胞们，尤其是那些承受着癌痛折磨的患者们大声说一句：请相信我们！

为生命保驾护航

肿瘤医院肿瘤外科　杨　娜

生命对于每个人只有一次,人们热爱生命,呵护生命,对于生命的珍视无与伦比。正因为生命绚丽,我们说迎接生命者是夏花之灿烂。正因为生命宝贵,我们说拯救生命者如冬柏之俊秀。正因为生命无价,人们才给那些无私奉献、救死扶伤的医务工作者一个响亮的名字——生命卫士。作为一名医务工作者,我为有这样的称号而感到光荣和自豪!

在肿瘤外科这个团队里,每个人都用爱和奉献铸就着一道道亮丽的风景,用自己如脉如流的行动诠释着白衣天使的深刻内涵:面对患者渴求的目光,我们义无反顾;面对工作的一贯平凡,我们任劳任怨;因为我们的双臂撑起的是希望,我们的双手托起的是明天的太阳。如果说,无私的奉献精神是生命卫士永恒的追求,那么高尚的医德风范则是我们珍视的生命,在平凡的岗位上成就我们不平凡的业绩,爱与奉献是我们生命卫士永恒不变的主题,爱与奉献是我们生命卫士无悔的选择。

还记得2011年的10月,我们科的一位食管癌术后的患者,因为体质差,咳痰无力,呼吸困难,三进三出ICU科,在最后一次准备气管插管、去ICU科加强治疗时,家属强烈要求不插管,该病人治疗团队的医生们反复向家属交代病情,但家属仍要求暂不插管。这时主任说:“即使家属要求不插管、不去ICU,我们也绝不放弃,只要有一线希望,我们也要救人到底。”

接下来科主任和护士长开始给医生、护士们分工:在不影响其他病人的正常治疗和护理的情况下，每两小时轮换两名医生及一名护士守护在患者的床边，持续不断挤捏呼吸气囊，以保证患者的呼吸道通畅及氧供给。可是两小时一换班没有那么多医生和护士，就在科主任和护士长为人员情况发愁时，让他们都没有想到的一幕发生了，科里所有上、下夜班及休息的医生、护士们都纷纷打来电话表示愿意义务加班，以尽自己的微薄之力让患者的生命得到最大的延续。

很快值班表就排了出来，医生、护士们就这样一刻不停地捏起呼吸气囊，只是谁也没有想到这一捏就是两天一夜，60个小时啊，我们的医生、护士们没有一个人抱怨，也没有一个人喊累，因为每个肿瘤外科人都有一个信念——那就是只要有一线希望就绝不轻言放弃！在这60个小时里，有好几次患者的求生意念几乎都已没有了，在场的医生、护士们立刻给她打气，给家属打气。在最后一次患者放弃求生意念的时候，我们的一位医生抚摸着患者的头动情地对她说："梁玉花，我们已经为你捏简易呼吸气囊将近60个小时了，我们都没有放弃你，难道你就这样放弃了你的生命，人的生命是很宝贵的，你一旦放弃了，就永远失去了。想想你的家人，他们也日日夜夜陪着你，想想你前两次病情那么危重，你都挺过来了，这次你为什么就不试着与病魔再搏一把呢?"这位医生的话音刚落下，奇迹发生了，患者所有的生命体征都开始回升，已经有几项生命体征开始恢复正常了。这时，已经两天一夜没有说话的患者用眼神示意医生拿开呼吸气囊："大夫，我现在这情况是不是还要去ICU科？麻烦你帮我联系一下那个科的大夫，看我还能去吗?"听到这话，医生、护士们都愣住了，这是那个连求生意念都没有的患者说的吗？一旁的家属也接着说："大夫，您就帮我们联系一下吧，就是你们说的，你们都不放弃，我们就更不能放弃了，只要有一线希望我们也要坚持到底。"最后，病人在医生们的精心治疗下、护士的精心护理下，终于康复出院了。

丰碑无语，行胜于言，虽然我们没有感天动地的豪言壮语，但是我和我的同事们却立足平凡的岗位，用自己的无言行动展现着医院医护人员的人生观、价值观，展现着我们报效社会、报效人民的责任感和使命感，以无愧于生命卫士的光荣称号。

今天，当你步入肿瘤外科，你就会如沐春风，无形中被一种精神，一种奋发向上、无私奉献的团队精神所感染。在这里，你不仅感受到真诚、微笑、热情、周到的服务，更能从深层次领略到我们爱岗敬业、无私奉献的品德和情操。

在这里，高扬着团结奋进、努力拼搏、敢为人先的团队旗帜；在这里，每时每刻都在谱写着救死扶伤的璀璨华章；在这里，每个人都用实际行动展现着自己的人生价值，那就是——燃烧自己，温暖患者。

我骄傲，因为我是一名救死扶伤的生命卫士。

我荣幸，因为我身属一个团结奋进、无私奉献的团队。

我自豪，因为在我身边，有那么多甘于在平凡岗位创造不平凡业绩的人！就是这些甘于平凡、默默奉献的人，他们用心灵去沟通心灵，用生命去温暖生命，用自己的行动帮助患者与疾病和死神抗争！我们的职业看似平凡，但要做好却很难，很不容易。

面对患者，面对事业，我们得失无悔，奉献无悔，因为我们知道，自己的付出换来的是一个个鲜活的生命，换来了千家笑语，万户欢声！我们的汗水和心血时刻与患者家属的悲喜融在一起，都在大大书写着两个字——亲情。生命卫士的光荣称号不是轻易可以被承载的，它是一代又一代医务工作者在与死神与病魔的斗争中，用无私的奉献甚至是宝贵的生命铸就的，它需要一代又一代医务工作者用心呵护，用心血和汗水去洗礼。我们只有不断努力再努力，才无愧于这一神圣的称号！我们只有把爱化为动力，才能为天使插上奋飞的翅膀，我们只有把奉献付诸行动，才能用爱心和真情为患者撑起一片希望的蓝天，成就我们卫生事业明天更大的辉煌！

患者心中的"微笑天使"

肿瘤医院放疗科　闵　佳

80年风雨兼程,80个冬去春来。伴随着时光老人的脚步,宁夏医科大学总医院迎来了80华诞。

80年弹指一挥间。总院人回顾往昔,展望未来,怎能不思绪万千！80年的岁月,80年的成长。80年的风雨洗礼可使一个人迈进老年,而80岁的宁夏医科大学总医院却傲然屹立于美丽的塞上凤城,以她辉煌的发展成就、厚重的历史积淀在西北这一方热土岿然而立,以她至诚至信、精益求精的创新精神引领医疗卫生行业潮头,以她救死扶伤、无私奉献,大医精诚、大爱无疆的感人故事谱写着一曲曲赞歌,以她奋发进取、勇创一流,厚积薄发、品质至臻的发展追求实现着一轮又一轮的自我超越。

回想起四年前,我刚刚走出校园。怀着对宁夏医科大学总医院这个响当当的金色品牌的崇敬与景仰,怀着对"白衣天使"这个光荣称号的艳羡与敬畏,怀着对救死扶伤、奉献人民这个神圣使命的憧憬与向往,心底的激动仍然历久弥新,胸中的火焰依旧熊熊炽热！

而现在,我也已经实现了当年的愿望,成为了一名白衣天使,然而我对于她的尊敬与严谨却每日越深,我时刻督促着自己,从小事做起,认真落实优质护理服务内涵,以病人为中心,认真要求自己,在自己的工作岗位上努力发光发热。

健康是人安身立命的第一本钱。一个人生病了,首先想到的是求医问药。而病人一旦走入医院，就抱着对医护人员的深切期望和本能的依赖，他希望，每一名医生都能够成为“在世华佗”，希望每一名护士都能成为“南丁格尔”，希望自己的病痛经过医护人员的治疗，都能够药到病除、恢复健康。虽然从科学的角度讲，这种愿望近乎完美，但换位思考，假如你是一名患者，这种要求又无可厚非。我们有责任、有义务尽最大的努力，帮助患者走出病痛的折磨，重返健康的人生。

2014年4月，我身患疾病。我毫不犹豫地选择了住院治疗，使我从一名医护工作者转身成为一名患者，从一个帮助别人的人变成一个接受医护治疗救助的人。术前不停地检查，加深了心中的恐惧，慢慢地就引变成了抱怨。当时就在想怎么这么多人啊，怎么也没有护士来帮帮我啊，甚至于输液时等得时间稍微长点我也会觉得很生气，就觉得我生病够倒霉了怎么也没有人关心我，真的感觉好无助。忽然间想到，我也是一名医疗工作者，在疾病面前我也同样的无助害怕，那对于什么都不懂的病人，他们是不是比我更无助、更加需要帮助呢。这次短暂的住院治疗，我施行了腹腔镜手术。这样一个手术，无论从技术难度，还是病痛程度来讲，从专业角度来看充其量只能算作一个“小手术”。但就是这台“小手术”，实现了我一次角色的转换，给了我一次最深刻的体验式培训。自己从一个病人的角度更深层次地体会到了患者的不易，更深地理解了患者看见医生、护士的期盼的眼神，更深刻地理解了护士这个岗位的重要，更加透彻地参悟了“白衣天使”这个光荣称号的使命之神圣，也更加坚定了我立足岗位、刻苦钻研、敬业爱岗、奉献他人的信心和决心。

“假如我是病人，我希望医务人员不但具有高尚的医德，还具有高层次的文明，能以亲切的笑容温暖病人，以体贴的话语安慰病人，以精湛的医术拯救病人，以自身的行动、奉献的精神感动病人”；“假如我是病人，当我被病魔缠身、身心痛苦地走入医院的时候，我多么希望迎接我的是一张张亲切、和蔼的面容以及循循善诱、耐心解答、细心检查的医务人员，能让我放心、安心，有信心将自己托付”；“假如我是病人，我希望医院如家一样温馨”……

因为我是护士,就该为病人营造生命的绿色;因为我是护士,就该承担起点燃生命、重塑生命的职责。因为我们身披的那一抹圣洁的白色,是那样的崇高和无暇;我们头顶别致的燕尾帽,是何等的素雅和温暖;我们的一句问候、一个微笑,足以点燃患者心中希望的灯塔!我们是春天的滴滴细雨,让生命的原野再现新绿;我们似深秋的一片红叶,任凭残酷的秋风吹打依然红得像火;我们是寒冬的一枝蜡梅,在无情的暴风雪中依然高傲地绽放。

今年,我们迎来了总医院80岁的生日。新一代的总院人,已经继往开来,接过了前辈手中的“爱心圣火”,手手相传!我们为总医院历史的耀眼成绩而骄傲,为总医院今天的厚积薄发而自豪,更为明天的总医院而振奋。我们遇到了前所未有的好时代。身在其中,今天的总院人是多么的幸福和幸运!

献礼,母亲

总医院急诊科　席愿强

金秋的塞上江南,到处洋溢着丰收的喜悦,八十年青丝变成白发,八十年皑皑土坯变成高楼耸立,八十年默默无闻变成城市标志。八十年,荆棘坎坷,一路风雨,八十年,开拓进取,自强不息,八十年,您挥着手中的旗帜,带领着后来者,从不曾停下。今天是您的生日,祝福您,我的母亲!

一定会有足够的理由冲淡所有的阴霾,尽管那些阴霾曾经真真实实的存在。时光在记忆的流沙里走得很快,快到记忆里的一切还不曾定格,而这些也许只有您明白于心。今天我想您是欣慰的,一座座崭新的高楼拔地而起,一批批有志之士奔赴在各个岗位,传承着您救死扶伤的精神。新外科大楼的竣工不仅给广大患者提供了更加温馨舒适的就医环境,更标志我院外科医疗水平的迅速提升,近年来我院开展了一系列高难度高水平高治愈率的外科学技术,诸如肝脏移植、异体肾脏移植、自体外周血干细胞移植、角膜移植、全髋关节置换、心脏病介入治疗以及人类辅助生殖技术的临床实践例数均有新增,已成为医院专业发展的龙头。同时也涌现出一批批学科领域的带头人,他们勤勤恳恳、兢兢业业,在不同的岗位书写着母亲赋予他们的救死扶伤的一个又一个新篇章。

印象里嘈杂、混乱、拥挤曾经是我院急救的真实写照,每每这个时候就有很多的求医患者开始抱怨,甚至发生冲突。我院针对这一现状,举全院之力,着实一番辛劳之后,高大宽敞的新急诊科大楼像兄弟一样的坐落在外科大楼旁侧。随着新急救大楼的建成使用,我院急救技术也随之更上一层楼。宁夏医科大学总医院急诊科目前已发展为以院前急救、心肺脑复苏、急性中毒、多发伤及跨学科疾病等急危重病人救治为特色,集临床、教学、科研为一体的综合科室,救治病人覆盖宁夏及周边省市(内蒙古、陕西、甘肃等)方圆几百公里。一批批急诊人也始终不移坚守岗位,出色地完成一次又一次突发事件的医疗护理工作。

母亲总是慈祥的,在现阶段医患关系空前紧张的局面下,母亲总是以固有的温暖践行着自己的爱心。近年来我院开展了一系列富有特色的活动,本着以患者为中心的思想,实行了优质护理,圆满完成"爱心2008走进宁夏——先心患儿的救治活动""百万贫困白内障患者复明工程""全国贫困家庭唇腭裂儿童手术康复计划"和"西部贫困家庭疝气儿童手术康复计划"等多种社会公益事业。长期无偿支援帮扶点县级医院的业务建设和人才培养,并捐赠医疗设备;先后对口支援多个县级医院。积极开展"博硕医疗专家服务团"医疗义诊服务、"结对子"等形式的扶贫帮困、捐资助学送温暖献爱心活动,受到社会各界的高度评价和广泛赞誉。

八十年,是一个富有里程碑的数字,包含着总院人勤奋进取、收获成功的喜悦,也满含着艰辛创业、来之不易的辛酸。但即便如此,总院人心里都有一个坚定的信念,那就是总医院这位伟大的母亲赋予子女力量:只要具有不甘贫穷、不甘落后、敢于创新的精神和魄力,就一定能书写出超越时代、超越地域、超越常规、超越自我的辉煌!

腾飞吧，宁医大总院

总医院麻醉科　崔　健

腾飞吧，宁医大总院！

宁夏医科大学总医院是宁夏回族自治区医疗、教学、科研、考培的中心，也是区内规模最大、技术力量雄厚、医疗设备齐全的一所综合性三级甲等医院，更是一所全国百佳医院、全国卫生系统先进集体、全国百姓放心医院、全国500家大型医院。随着医疗卫生改革的一步步深入，改革开放和世界经济的一体化，外资引入医疗市场，总医院必将面临日益激烈的竞争，市场化经营的理念逐渐深入到总医院的日常管理当中。我院应以一种什么样的人力资源管理来迎接新世纪的曙光呢？——追求卓越的文化！

弹指一挥间，我来到总医院已有十年了，在工作岗位上总医院给我们创造了很大的发展平台和很多学习新知识的机会，同时我也见证了总医院的发展和壮大。总医院就是我的家，我爱我家，因为它给了我机会，让我在舞台上自由发挥，它让我感受到了人性化的管理，让我懂得了真情的可贵。

有人说，经历就是一种财富，不管经历是成功，还是失败；是安逸，还是艰辛。在宁医大总院工作的经历，我想对每个人来说都是宝贵的财富。年轻人在这里迅速成长，年长者在这里有更大的施展才华的平台。没有人能忘记冒着严寒酷暑战斗在工作岗位上的每位员工，没有人能够忘记默默奉献一丝不苟一直坚持在工作岗位上的广大医护人员，没有人能够忘记彼此分享成功的喜悦和自豪，没有人能够忘记医院文化的精神力量。

总医院得以持续发展的根本就是随着时代的步伐不断前行，随着医疗行业的不断壮大，总医院的成长依赖所有员工的共同努力和不断进步。每位员工的进步都会推动总医院的壮大，每一位员工的努力都会为总医院的壮大添一份力量，实现自身的价值和促进总医院的成长是每一位员工义不容辞的责任，只有不断成长的员工才能为总医院创造更大的价值。

易卜生说："青年时代时种下什么，老年时就收获什么。"由此我想到的是，你在总医院的土壤里种下什么，总医院就会回报给你什么。如果你愿意承担成长的责任，那么你就会获得成长的权利；如果你把总医院的成长当成自己的责任，那么总医院自然会为你创造成长的机会；如果你用积极的热情和全心全意的态度对待总医院工作中的种种事物，那么你的事业、你的精神就会在总医院中得到了不起的进步；只要你的行为和态度切实推动了总医院的成长，那么总医院就一定会给予你相应的回报。

来到总医院这么长时间，在这里经历了很多风风雨雨，伴随着鲜花和泪水，我和总医院一同成长、发展，总医院给我们每位员工发展的机会与平台。所以，总医院与我息息相关，我与总医院枝叶相连。

每位医护人员的进步都会推动总医院的成长，当员工主动承担起总医院成长的重任时，实际上就已经迈出了和总医院一起成长、共同提高的步伐。善于成长的医生才是有价值的医生，成长是一种责任。唯有把成长当成是一种责任，才能创造更大的价值，才能实现不断成长的目标。当我们正确认识到自己与总医院的关系时，我们就会为了总医院的发展共同努力，我坚信总医院的明天会更加灿烂辉煌。

人格品德至诚至信　专业技术精益求精——这是我们共同的心声和目标。尽管现在离我们的目标还有一段艰辛的路要走，但有勤劳智慧、勇于创新的人，有富有战斗力的队伍，有明确的目标，有强大的精神力量，那么我们的追求就不会遥远！

腾飞吧！宁医大总医院，我温暖的家！

庆祝八十年华诞
传承医院文化　弘扬医院精神

总医院护理中心　贾　婕

凝视着宁夏医科大学总医院这几个大字，我陷入了深深的沉思中，犹如翻开一本厚厚的书卷，这几个字承载了太多的历史。在历史长河中，80年只是浪花一朵，但对于一所医院来讲，80年的风雨历程，80年的蹉跎岁月，却那么清晰地镌刻在它坚强跋涉的每一步坚实的履痕中。回顾过去，我们总医院走的是一条披荆斩棘的开拓之路，是一条自力更生的发展之路，更是一条科教兴院的创新之路。

宁夏医科大学总医院的前身是南京国民政府时期建立的宁夏省立医院，始建于1935年秋。当时并无专业的工作人员和设备，实际为宁夏卫生实验处（卫生厅前身）人员兼办。至1940年省立医院才从卫生实验处分出后独立经营，时设内外妇科，简易病床15张，工作人员20多人，有显微镜、30毫安X光机和部分简单设备，日门诊20~30人次，仅能医治小伤小病，最大的手术只能做阑尾切除。1949年9月宁夏解放后，由人民政府接管，经过党和政府的整顿与改造，医院规模得到扩充，病床达到40张，日门诊达到100人次以上。历经半个多世纪，伴随着改革开放的深入，尤其十一届三中全会以来，医院领导坚持正确的办院方向，以邓小平理论和“三个代表”的重要思想为指导，以病人为中心，开展方便、快捷、优质、高效的医疗服务，使医院得到迅速发展。目前，总医院已成为全区设施齐全、科教领先、医疗一流的现代化综合性三级甲等医院。

在我的眼里，总医院犹如历经沧桑逐渐成熟的巨人，而我们只是他身体里新陈代谢的细胞，我们这些细胞组成了一个庞大的巨人，能成为巨人身体里的一份子我感觉到无比的光荣。宁夏医科大学总医院身上也承载着无数的荣耀。“他”先后被银川市、自治区授予“文明单位”荣誉称号，荣获“全国百姓放心示范医院”“全国卫生系统先进集体”“全国医院（卫生）文化建设先进单位”“抗震救灾重建家园全国工人先锋号”等称号，并涌现出“全国巾帼文明岗”“全国女职工建功立业标兵岗”“全国青年文明号”“全国医德标兵”等多个先进集体和先进个人。这些荣誉里有着前辈们和我们的努力与拼搏，有着付出和奉献，有着欢笑与泪水。

时光荏苒八十年，在时光的长河里宁夏医科大总医院已走过了八十个年华，作为总医院的一员，我由衷地感到骄傲，感到欣慰。在这八十年间，总院人通过不断地实践和学习，承受了许许多多的考验，拥有过鲜花和掌声，接受过批评和指责，在这个飞速发展的新时代执着顽强地耕耘播种，在各专业领域中已站在众多竞争对手的前列，傲视群雄。

我2011年来到宁夏医科大学总医院，到现在，已经快五年了。能见证总医院80周年华诞，我感到骄傲，是总医院赋予我经历了人生的这一段学习进步的机会，这几年是总院飞速发展的两年，也是我提高学习的时刻。在入职初期，领导的关怀和同事们的热情帮助让我迅速地融入到工作中来，也慢慢适应了工作的节奏。在这里，你可以看到每个人忙碌的身影，可以看到同事们脸上带着快乐的微笑。在总医院里，领导和老师们更像长辈一样对我们的工作生活各方面予以教诲和关心，而同事们则更像兄弟姐妹们一样互相帮助、关爱，我欣赏并陶醉于这样的环境中。在总医院工作的点点滴滴中，我深刻地体会到总医院“人格品德至诚至信　专业技术精益求精”的院训精神。宁医大总医院秉承着业界良心，懂得对员工、对病患、对社会、对国家心存感激，让医务工作者生活得富裕有尊严，把最好的服务提供给患者，积极地承担起了应尽的社会责任，贡献于国家。人都是有梦想、有追求的，大家为了一个共同的梦想日夜奋战在各自的岗位上，“兢兢业业”“一丝不苟”“全力以赴”……太多的辞藻可以形容我们敬爱的同事们，但没有一个可以尽表其中之内涵。

建院80年以来，几代“总院人”用心血和汗水为医院发展建设积累了坚实的物质基础和丰厚的精神财富，曾经有许多医生，护士，工作人员，为总医院做出巨大奉献，正因为有了他们辛勤的付出才有了今天的成绩。我们要秉承他们的优良工作作风，高尚的医德医风和精湛的医疗水平，把我们“总院人”积极进取、不懈努力的精神发扬光大。用我们一流的医疗技能和一流的医疗设备驱除患者身体上的病痛，用我们真挚的爱心去抚平他们心灵上的创伤。和谐的医患关系需要专心去播种，用爱去灌浇，和谐的医患关系需要你我一如既往的努力。让宁医大总院人的精神薪火相传。

让我们用我们的亲身经历，以真挚的感情、生动的语言、丰富的事例，向大家讲述医患和谐的经验和体会，讲述医患沟通的重要性、方法与技巧，讲述我们与我们所热爱的医疗事业的感恩与和谐、感恩与责任、感恩与奉献，也讲讲我们医务工作者的职业生涯中那些平凡但又感人的故事，讲讲我们医疗工作看似平凡的岗位背后却蕴藏着那么多的不平凡！救死扶伤本是医生的天职，有信任我们的病人、支持我们的朋友，我想我们每个医务工作者都会更加坚定我们的信念，认识到我们肩上的责任，其实作为总院人我们还应该做得更好，我们还可以做得更好！

梦想的力量往往令人惊叹，而现今，总医院所取得的成绩之所以让外人惊叹，就是靠着总院人为梦想而不懈奋斗的力量。为了打造宁夏医学界名片，我们披星戴月，不断进取，勇攀高峰。即使成功的道路上荆棘遍地，困难重重，但却无法阻挡我们勇往直前的步伐。面对新的历史时期，机遇和挑战并存，我们秉承“人格品德至诚至信　专业技术精益求精”的精神，发扬艰苦奋斗、勇于拼搏的优良作风，一如既往不断开拓进取，让总院人的梦想直冲云霄，翱翔在祖国的蓝天上。我想，这个梦想不会太遥远，因为有这么多忠诚敬业、可亲可敬的同事与我们共同奋斗，梦想会在我们的努力下实现。

我以青春献给你

总医院对外医务联络办公室 孟媛媛

岁月更替，时光荏苒，总医院自1935年建院以来，已走过八十年的光辉历程。八十年来，医院人始终以振兴医学事业、服务大众为己任，救死扶伤，攻坚克难，医院发生了翻天覆地的变化，建设发展取得了巨大的成就，关爱造福了无数的患者，演绎了一个又一个动人篇章！

此时此刻，我的心情是激动的，澎湃的，我相信有很多很多的同事也和我一样，内心也是万分感慨的，因为我们的医院即将迎来她八十岁的生日……

八十年

曾经有多少的前辈把自己的青春奉献给了这片悬壶济世之地……

八十年

曾经有多少人为了医院的发展无私付出，默默无闻……

八十年

又曾经有多少人牺牲了与家人共享天伦的日子……

多少个日夜，当大家都沉浸在梦乡的时候，我们默默地为生命护航……

多少年又过去了，我们又忘记了多少个佳节，因为病人需要我们，我们义无反顾……

多少次我们医护工作者为抢救病人口对口进行人工呼吸，抢救生命于垂危。

我们职责所在，他们生命所托！

医院母亲八十岁了，这一路走来，在总医院党政领导的带领下，医院坚持“人格品德至诚至信　专业技术精益求精”的办院宗旨，始终以优秀的团队治愈病人，以尖端的设备服务病人，以诚挚的服务感动病人，将我院发展成为集医疗、教学、科研、预防保健和干部保健等职能于一体，是省内规模最大、技术力量雄厚、医疗设备先进、专家人才荟萃的一所综合性三级甲等医院。

作为年轻人，来到总医院后，看见全院职工同心同德、攻坚克难、苦心经营、誓求发展的精神风貌和工作状态后，我感受到了强劲的发展气息。总医院的每一步变化，每一个历程，都承载着太多人的心血和希望。

十年前院领导经调研，决定成立对外医务联络办公室。随着医疗服务需求发展，为营造良好的医患关系，增强病人的忠诚度与美誉度，为扩大医疗服务领域，发挥医疗资源优势，对外医务联络办公室开展出院病人温馨电话随访工作，这种院前、院中、院后的人性化医疗服务模式充分体现了医院逐步完善与提高医疗服务的意识，为医院临床、医技科室和住院患者之间构建快捷、良好的信息沟通渠道；为特需人群提供电话预约就医，协助辅助检查、协助住院治疗，安排健康体检等特需医疗服务，解决周边地区的重点行业、高危行业特需群体的医疗服务需求；为营造和谐社会，展现医院良好服务形象和人文关怀，延伸医疗服务需求，还成立了“内蒙古患者接待处”，患者接待处主要为内蒙古地区患者提供医疗咨询、电话预约、体检、协助疑难疾病患者会诊及手术服务，从而进一步解决牧民由于地区偏远，医疗条件相对落后，语言不通，环境陌生等诸多因素存在的就医难问题；为缓解医院就诊压力，解决社区居民就医难的问题，让每一位社区居民能够享受到优质、高效、便捷的医疗服务，筹办了胜利南街天盛社区卫生服务站、景墨家园社区卫生服务站，确保预防、医疗、保健、康复、健康教育、计划生育技术指导等“六位一体”工作的顺利开展。两社区卫生服务站优质的医疗服务得到了辖区社区居民的高度赞誉和好评,充分展现了宁医大总院良好的服务形象。

社区是医院这个大家庭中的一个小家庭,作为新职工,在社区工作的三个年头,我一直本着谦虚谨慎、勤奋好学的态度为医院的发展而努力。不同于临床的医生和护士们,我的职业是社区医生,伴随着医院迅速发展的步伐,我也感觉到自己肩上的担子越来越重。景墨社区卫生服务站建站已有十年之久,仅有7名医务工作人员,服务辖区总人口56000人。十年来,这里的前辈们勤勤恳恳、兢兢业业地工作,成功地为辖区居民提供预防、保健、医疗、康复、健康教育、计划生育技术指导服务。十年来,每次领取疫苗时,为确保疫苗冷链的安全,领取疫苗的老师不论严寒还是酷暑,都能克服困难,及时、安全、有效地完成工作;妇保的老师及时入户进行孕产妇及新生儿产后访视;每位来预防接种的儿童,都仔细核对预约,认真解释每一种疫苗的作用及注意事项,并签订接种知情同意书,接种时严格执行三查八对制度,做到无差错;每一次的健康教育我们都认真积极地准备、做好宣传工作,确保更好地为辖区居民提供帮助;面对突发问题,大家齐心协力,共渡难关;为辖区贫困居民提供帮助;面对上级领导部门的检查认真仔细地完成各项工作,确保第一时间为领导提供最确切的信息;同时还不断提高业务水平,牢固树立均衡发展的观念,全面提高自己的综合素质,以便更好地做好社区医疗工作。在社区的工作中,我学到了不少知识,也进一步加强了自己在工作上的责任心和团队协作精神。

身为这个光荣集体的一份子,这份光荣是我前进的动力。在这个大熔炉里,要实现自己心中的梦想,只有让青春在奉献中燃烧,才能点燃生命的激情。这不是一句空话,也不是一句套话,而是我掷地有声的承诺,无怨无悔的选择。

我与医院共成长

总医院心脏中心大血管外科　杨慧燕

我是医院的一名普通职工，谈起总医院80年的风雨历程，我也只能从相关资料记载及前辈的讲述中得知，从来到总医院的那一刻，就与总医院结下不解之缘，并分分秒秒见证着总医院的发展与壮大。

2007年1月本科毕业来到总医院参加工作，按照总医院的培训要求，参加了住院医师规范化培训，在这三年之中，我不仅学到了内科基本临床知识，为我以后成为一名合格的医生打下了坚实的基础。更重要的是目睹了医院的巨大发展变化，电子病历的实施为医疗提供了很大的方便，极大地提高了医疗效率，为患者再次就医提供了极大的方便。而今已经发展为无纸化的电子病历，大大减少了纸张的浪费，为科室和医院节省了开支。肿瘤医院、口腔医院、急救中心大楼的建成使得医院的标志更醒目了。

于2010年1月经过三年基地培训结业来到心脏中心大血管外科工作，来到科里的那一刻起，一种使命感一直萦绕在我的心头。然而今天细想着这几年所走过的医路，温婉而充实，淡然而真挚，追求、收获、感恩、责任、奉献……品味着人生百态，亦追求着自己的梦想。有人这么说，我作为心脏中心大血管外科的一份子，这几年里，也见证着科室业务的巨大发展，国家级临床重点专科，全区心脏中心大血管外科质量控制中心的成立，更为值得庆贺的是我科率先独立开展冠脉搭桥手术，是宁夏地区唯一能够独立广泛开展的高难度手术的科室，经胸微创封堵手术广泛开展。国家级创新大奖赛喜获全国二等奖，都是我们全院上下值得庆贺的大事，因为每当灾难降临时，第一个赶来救助的一定是我们的白衣战士。2003年在震惊中外的“非典”肆虐时，我们的白衣战士用热血和生命谱写了一曲曲生命的赞歌。在2008年春节期间的雪灾救援行动中，我们的医务人员又是不畏艰险、冲锋陷阵，救护人民的生命。“5·12”汶川大地震，一片片房屋、一座座村庄在瞬间成为废墟，几万人丧失生命，数十万人受伤。我们的白衣战士又是第一时间赶往救灾现场，抢救从废墟中获救的伤员。我会在平时的工作岗位上，努力提高医术水平，用我们的爱心、耐心、细心和责任心解除病人的病痛，用无私的奉献支撑起无力的生命，重新扬起生的风帆，让痛苦的脸上重绽笑颜，让一个个家庭都重现欢声笑语。

现如今，我已经硕士研究生毕业，成为一名主治医生。我认为，医务工作者，这个名称寄托了病人及其家庭对生命的希望。我们必须具有高尚的职业道德与水准，必须具有为人民服务的境界与精神。把自己的事业融于为病人的服务之中，牢记责任，不辱使命，开拓进取，在平凡的岗位上减轻每一位病人的痛苦，挽救每一位病人的生命。

从走出校门，到真正成为一名白衣战士如今已有八年光景，今天我依然庆幸自己的选择，救死扶伤，点燃生命之火，这是多么神圣的职业啊！

八十年风雨兼程，一路高歌，几代医务人员不懈求索，铸就了宁夏医科大学总医院今天的辉煌——集医疗、教学、科研、考培为一体的现代化区域性医疗中心。承载着预防、保健、急救等事关人民身体健康的时代重托，几代“白衣天使”勤勉敬业、悬壶济世、扶病救弱、传播科学、倡导卫生，才有了西北地区医疗战线上的领军队伍。

成就属于过去的辉煌，未来蕴含更大的希望！过去的八十年在“总院人”辛勤耕耘、奋勇拼搏中悄然逝去，又一个充满机遇、充满挑战的八十年正滚滚而来。翻开历史新的篇章，站在新的起点上，宁医大总院将一如既往地秉承“人格品德至诚至信　专业技术精益求精”的院训精神，在建设自己美好家园的进程中，抒发奋进的豪情，点亮发展的梦想，团结一心、凝聚力量、实干争先，为总医院灿烂辉煌的明天继续奋斗！

中国梦,我的南丁格尔梦

总医院产科　刘　新

读大学时,南丁格尔的故事坚定了我成为一名白衣天使的梦。这位出身富有家庭的小姐,不顾世俗的偏见,不顾父母的激烈反对,投身于当时只有最低层妇女和教会修女才担任的护理工作;在克里米亚战争中,因为有她,使战场上的死亡率由50%奇迹般地下降为2.2%,她跟死神抢回了无数的生命,仁慈的爱心使这位护士获得了士兵们崇高的敬意,并亲切地称她为“提灯女神”。南丁格尔——现代护理教育的奠基人,愿你那盏灯永世不熄!你的名字,将伴我走完一生!作为一名助产士,我骄傲于我的职业,并深深地热爱着这份职业!

都说助产士是迎接新生命、托起希望的天使,赋予这样一个骄傲称誉的我,怀揣着这样一份天使般的爱心,于2010年9月踏进了宁医大总院产科产房,一待就是五年。而我们可爱可敬的产科主任、产房护士长一待就是三十年,在他们的感召下我又一次坚定了自己的梦。记得有一个外地人来我科分娩,宫口开至五厘米时,胎儿宫内窘迫,因为是初产妇,主任考虑应尽快手术,确保安全分娩,但产妇家属乞求因经济困难无法支付手术费用,还是要求顺产。当时大人、孩子的生命都在我们的手上,主任经常说的那段话又一次萦绕在我的耳旁,“产科医生是离生命和死亡最近的人,一方面是迎接生命,一方面是救治病危,容不得半点闪失”。遵医嘱立即给产妇吸氧,左侧卧位,静滴缩宫素,经过一个多小时的严密观察与处理,孩子平安降生了。由于脐带纤细而且脐带绕颈两周过紧导致胎儿心率下降，孩子是平安了，但产妇因为子宫收缩乏力发生了大出血，主任立即按压住产妇的子宫并给以促宫缩的药物处理，一压就是一小时。产妇的子宫保住了，主任的手却压得通红连回弯都很难，再看看时间已经是凌晨三点钟。这种紧张而忙碌的气氛，我们时常可以遇到，因为这就是份高风险的工作，母子平安是我们最大的安慰。

每每看着分娩过程中妈妈们渴望的眼神，不用言语，就会深切地感觉到一种沉甸甸的嘱托，一股热乎乎的暖流一下子传遍自己的全身，而我，必须化这样的嘱托为一份无言的坚定，这份坚定凝聚着一个顺利分娩的信念、一种渴望成功的力量和一份饱含激情的责任！

不知何时，我已经喜欢对妈妈们说："虽然这过程很辛苦，但是我会陪着你，一起努力，一起加油！请相信，我们有能力一定可以做到！"当我们看见健康活泼的宝宝降临时，当我们听见呱呱坠地的小生命开始第一声啼哭时，是多么的开心与幸福！当我们回头看看那些走过来的每一分每一秒，又是多么的骄傲与自豪！

一支乐队，需要全体乐手的齐心协力，才能谱写华丽的乐章；

一枝玫瑰，需要根茎的无私奉献，才能散发出迷人的芳香；

一座桥梁，需要桥墩的支撑，才能承载起千军万马；

而一家医院，同样也需要我们每位医务工作者爱岗敬业，无私奉献。

今年，总医院迎来建院八十周年华诞，这既是总医院发展史上的里程碑，也是总医院继往开来、加快发展步伐的重要时期。朋友们，让我们始终以"人格品德至诚至信　专业技术精益求精"的院训精神为准则和道德标准，携起手来，为宁医大总院的美好明天，为祖国的美好明天而努力奋斗！

育花园里的小“超”人

总医院产前诊断中心　丁莉莉

大家都知道，总医院产前诊断中心是一个年轻的科室，无论从学科的发展还是人员的成长等方面，都需要精心培育，这个向上的集体就像是一座充满生机的小花园。如果说孩子是祖国的花朵，那么还在妈妈肚子里的小baby就如同是花苞一般，我们要给他们以呵护，让他们能够成为美丽的花朵，所以，我们自诩为“育花园”。在这个五彩斑斓的育花园里，活跃着一群舞动超声探头的“超”人们，他们做的是B超，超的是人，虽然这些小人人们还在妈妈的肚子里。荣幸的是，我也是“超”人们中的一员。

小时候，我一直有一个坚定的梦想，那就是穿上白大褂成为一名医生，在这个目标的指引下，我考上了医学院。如果说走上医学之路是我的必然，那么后来因为个人兴趣而成为一名产前超声医生便是顺其自然。

产前超声作为临床医生的眼睛，重要性自然不必多说。产前超声工作是日复一日的不断重复。在工作中，我发现，孕妇和家属对产前超声的认识真的是五花八门。一间黑屋，一把探头，一台仪器，表情严肃，双眼紧盯屏幕，这应该是大部分人对产前超声的印象。随着各种媒体等机构对产前超声的广泛宣传，很多孕妇和家属开始认为，产前四维彩超——一种神奇的仪器，所以，经常有人会问，为什么彩色超声不是五颜六色？四维彩超能不能看出孩子是哭还是笑、单眼皮还是双眼皮？还有的人做检查只为拍一张带有胎儿笑脸的三维照片留作纪念。我们知道，这样的问题，他们真的是发自肺腑问出来的,因为他们对产前超声的认识止于此。在承担着压力山大的工作量的同时,我们还会耐心解答这些看似不是问题的问题,普及产前超声检查的知识,原因只有一个,我们热爱这份工作。

但是,当我沉浸在对这一职业的无限热爱中时,医疗圈开始被各种“袭医”“医闹”的阴霾所笼罩,一时间,人人自危,坊间甚至开始流传各种防爆、自保对策,而产前超声因为针对的是胎儿,隔着腹壁看,有各种潜在的畸形风险,成为医学各学科中的高危专业,更是人心惶惶。大家都听过一个新兴词汇,叫作“no zuo no die”吧?好,产前超声简直就是“no zuo no die”,不做则已,只要做了就可能给自己埋下一颗定时炸弹。在这样的情况下,我们不禁问自己,你还爱你的职业吗?答案当然是肯定的。为什么?当我们看到满脸洋溢着幸福的母亲抱着出生几天的孩子特意找到科室送小宝宝给我们看,感谢我们产前诊断中心的保驾护航时,所有的疲惫都烟消云散,那一刻,只有欣慰的笑容。当我们及时发现发育异常的胎儿,帮助孕妇和家属采取合理的措施,大大减轻他们的经济、心理负担,得到他们的理解和认可的时候,我们默默在心里给自己点个赞。就产前超声,对我来说,每做一次检查都是一种享受,沉浸其中,真的可以忘却烦恼,看着显示屏上孩子可爱的小嘴巴、小脚丫也是一种幸福。幸运的话,有时候还能捕捉到宝宝最纯真的笑脸,所以,工作也可能成为调节心情的良药。

我想,前辈们之所以能够坚守,除了身上那件白大衣所赋予的使命感,更多的是热爱、是满足,对这一事业的执着追求和梦想。这梦想不在于多崇高多伟大,它就是生命里一次次感动的交汇,是工作中一点点收获的积累,是一步步向上的高度。我会在这个和谐的大家庭里继续做一个小“超”人,乐工作,享生活!

山的精神

总医院办公室　黄　娟

2007年，笔者作为团中央中国青年志愿者研究生支教团的一员，从繁华都市、高等学府，一头扎进了黄土、大山，承载着扶贫和支教的梦想，远赴400公里，用自己的行动去践行志愿者精神，用自己的微薄之力去传递和分享感恩，用一年的时间做了一件终生难忘的事情。回顾过去，留存在记忆中的是满满的幸福和感动。如今，笔者已来到宁夏医科大学总医院工作，总医院这块沃土孕育着我，让我继续传承着无私奉献的精神，也把当年在大山里锻炼的勇气带到了这里，希望和梦想在这里重新起航。

支教的地方，在六盘山一隅，是个小山村，四周环山。山，不太高，没有突兀的棱角，过渡非常自然，甚至显得有些平缓，一道一道连绵着，高高低低、重重叠叠地相互掩映，延伸到天际。山上枯草很多，或许是相对湿润的缘故吧，大都黄中泛着黑色，所以山也显现出一种黑黄的颜色。地处黄土高原，不免生出许多沟壑，沟壑里大半是冰封的河，曲曲折折从山间蜿蜒而出伸向远方。

求学在外已经好久没有登过山，自己又是一个喜欢安静的人，教书之余，不禁有了独自爬山的冲动。一日的黄昏，独自循着山上曲折的小道，缓步而上。在这偏僻的小山村支教，本已远离了都市的喧嚣与浮躁，而独自爬山又少了队友的吵嚷，姑且摆脱生活的琐屑不想，这样一路上心情也平和冲淡了许多。到了山顶，天色渐渐暗了下来，独立山顶，望望远处山谷里隐现的农家的灯火，有一丝温暖的感觉。高高低低的犬吠的声音，也隐隐约约地传来。山风徐来，草的枯枝发出呜呜的低沉的鸣声，那就是山的声音。

找一块高地，坐下。心里不存半点尘世的挂牵，便觉得有种陌生的孤寂与恬淡感，就在这片寂寞中感受生命的恬静与温馨，于是逝去的梦境再度重现，凋谢的情思开始复燃，思绪在这山顶荡开去，接通千载……山风中，多少往事被冲去，多少心念被拂去，我似乎听到了历史隐隐的声音，那千年的喧兀至今震响在耳畔。始皇帝好巡游，经幸此地已是千年前的旧事。汉唐帝王兴土木，汉民族与匈奴的征伐，已使这里的林木荡然无存。一代天骄成吉思汗，一生好战，终染病六盘山，黯然陨落。宋西夏征伐不断，好水川一役，白骨依然在山边的好水川可见。清人左宗棠征新疆，途经此地种下不少柳树，而今只剩几棵古柳，独傲西风。红军长征过六盘，毛泽东写下壮丽诗篇《清平乐·六盘山》，伟人已去，红旗依旧卷西风……

往事越千年，百代化尘埃。几多旧事，几多兴亡，多少征伐，多少祸福，大多已被人们遗忘，只有这里见证了一切，承受了一切，它也将铭记曾经的一切。我相信它的生命是负重的，我更相信它的生命力是顽强的，不屈的。

我突然想起了几日前到学生家里家访的情景。家访中，我发现那里的农户，无论贫富都要修好大门，在门柱上刻上“耕”“读”二字。“耕”就是在山区里那贫瘠的土地上耕种，“读”就是世世代代都要读书。走进任何一户人家，你都会发现他家的厅堂上总要挂一幅中堂，挂几幅字画，最穷的人家也不例外。这里山民的贫困是我来之前不曾想象的，但他们对知识的渴求，对教育的重视，让我震惊。我走访过这样一户农家，家徒四壁，但他家的墙壁全是用奖状装饰起来的。我了解到他家的孩子学习非常好，可由于生活所迫，不得不辍学外出打工。但那孩子从未放弃学习，当那孩子拉开他的抽屉，我看到了一摞摆放整齐的书本……我是含着泪水离开他家的。我们支教老师每到一处，都能受到村民的盛情款待，他们对我们的重视与热情，让我深深体会到了他们对知识的崇敬与追求。

支教后，我终于想通了为什么西海固会涌现出一个全国有名的作家群，我明白了西海固为什么频出书画大家，我明白了在这么贫困的地区，为什么每年有数名学子考上清华北大，为什么数以百计的学子考上重点大学。在那里，人们的生活是贫困的，但他们的精神是富有的。

负重，不屈，追求，创造，生生不息，这就是山的精神。

“人格品德至诚至信　专业技术精益求精”是宁夏医科大学总医院的精神和追求，总医院铭刻在大家记忆中的是一个个鲜活的生命故事，奉献给世人的是如雄浑贺兰般的雄姿和气度。2015年，正值总医院建院八十周年，借一篇旧作《山的精神》表达对总医院的感恩和敬畏。

宁医大总院颂歌

心脑血管病医院药剂科 马 丽

就像一粒小小的种子
浸润了八十年的风雨洗礼
终成一棵参天大树
因实力而闻名遐迩

恰似一朵沉静的玉兰
承受了无数次的碰撞冲击
却依然散发着沁人的香气
春风化雨般地拂润四周

宛如一缕动人心弦的清风
随大树而迤逦
伴玉兰而亭立
无声地将人文情怀送至每个角落

而我
从踏入这神圣殿堂时
感受到八十年厚重历史的沉淀

让人震荡而敬畏
玉兰的香气涤荡着清扬的心灵
使人明晓精湛的技艺能够俘获患者的信任
清风抚慰着不安的心神
真诚待人也因此而铭记心中

现在
我也将精益求精的种子
植入这片圣洁的土地
用勤奋之土将其包裹
以热情之水将其灌溉
持真挚之情促其成长

我相信
这粒微不足道的种子
终将蔚然于清煦的阳光中

她，让我走得更坚实

——致宁医大总院建院80周年

心脑血管病医院麻醉科　崔　香

2004年我参加高考，本以为我会不负所有人的希望一路往东，去成就我另一番精彩绝伦的人生。结果我却是进入这个我未曾规划的行业。我不曾有悲天悯人的胸怀，不曾有行医救世的手段，我但求平凡安定地过活。事与愿违，我依然没有走出大西北，我融进医生这个庞大的群体，然而这样的安排却成就了我的另一番抱负和情怀。

大西北，从国家版图来看，占据着全国31%的面积，人口却只有全国的7%。大学毕业我留在大西北，进入这个自治区乃至整个西北顶尖的医院，对于一个普通的医科学生来说，顶尖的医院就是一个顶尖的舞台，别人叫我们医生、大夫、白衣天使，但是我知道从穿上白大褂开始我就是一名医务工作者。

工作6年，我由衷地感谢，这个得以让我成长和成就的平台——宁夏医科大学总医院，我们依然习惯地称之为"附院"，她承载着近亿人的健康使命，她用24万多平方米的占地守护着10万多平方公里的土地。我从荣誉室了解她的辉煌，从资料室了解她的沧桑，她80年如一日，呵护着这片西夏的故土，不为创造辉煌，只为恪尽职守，呵护健康。

我带着刚刚参加工作的激动和未能东去南下的遗憾，开始了医院的轮转实习，每一次患者及家属说：大夫，你无论如何要帮我们把病治好。那一刻无论你是初出茅庐的新人，还是医术高超的专家，在患者眼里，你就是能还他健康的那个人。慢慢的那种济世救人的责任感在心里慢慢地延伸，我看着那些白大褂独自抹汗，时而小跑，抑或焦虑，一天下来犹如一场小型的战争，尽心只为身边的患者，尽力只为众人的健康。这便是我们身处在这个岗位的职责。

2015年我毕业7年了，总医院建成80年，80年于历史来说短暂，于一个人来说是一生，于医院来说才刚刚开始。有人说医院是个晦气的地方，有人说医院是个神奇的地方，亦有人说医院是个神圣的地方。但我认为这是个创造奇迹的地方，当你迎接一个新生命的到来，就会感激造物者的恩赐；这是个悲痛的地方，当至亲逝去的时候，就会体会到逝者如斯；这是个重生的地方，当你摆脱病魔重回健康的时候，就会认识到身体才是革命的本钱；这是个看尽人间百态的地方，这是最能看见人心的地方。

80个年头，两代人的奋斗，用毕生的努力来升华这个地方，不是为了将自己的名字记录在医院的档案上和陈列室的展柜里，而是终其一生解万人病痛。我不知道前80年的医院怎样一步步走到现在，但是我能看到现在的医院引进最新的医疗设备，接轨国际医疗技术，提升医护医疗护理水平，研究各种疑难杂症。她在不断地提升，不断地进步，不断更新，她如一个巨大的守护神，矗立一方，她用一切来给你承诺，你来我定竭尽所能。

考个驾照推平车

心脑血管病医院心血管内科 马晓彦

“推平车接送病人?”听了护士长给我安排的工作,我一百个不情愿!我本科四年呀,含辛茹苦!我一米八二呀,也高也帅!我作为一个抢手的男护士,最终选择在导管室工作,是想多学点儿介入护理技术,多懂一些仪器操作的,我是有思想,有抱负的啊!我……”

“这几天我先带着你。”马老师似乎看出了我的心思。推平车还用带?我有点儿疑惑,有点儿不屑。不过尊敬老师是最起码的,于是跟着马老师学“推平车了”。

“把被子铺一半盖一半。”马老师边把病人的被子放到平车上边说,“脚底下放多一些,病人头露出来好观察……”噢!怪不得上次在电梯里,平车上躺着个病人,头上是用白色的被子蒙住了,两个大脚丫子露了出来。同电梯的人都怯怯的离远了,还低声议论,有几个胆小的中途就慌慌的下去了。我也疑惑!等到了一楼出电梯,才看见他们推着这样的平车去放射科检查去了,并没有到别的地方去。造成这样生死攸关的大误会,就是因为被子没铺好——头上铺多了,脚底下少了。我可不能犯这样的低级错误,有点儿感激马老师的提醒了。

“等等,先别推!”马老师用了很大的声音喊。我吓了一跳,呆住了。别的老师也随着急急地喊:“慢点儿,别慌!”原来靠在平车旁的手术床还没有移开,我就莽莽撞撞的想推走刚抬到平车上的病人,险些把刚刚包扎好的右手臂蹭到了手术床沿上。靠的那么近，要真用了我这一米八二个头的猛劲蹭上去，那右胳膊右手还不知道能不能保得住。想想真是后怕，后脊背心有点儿冒冷汗了。真心感谢眼观六路的老师们！

“平车的护栏要挡好！”

“病人的手不要扶到车边上或护栏上，小心蹭了！”

“上坡时头在前，下坡时脚在前！”

“给病人把被子铺好，盖好！”

“……”

追溯了遥远的记忆，或是咿呀学语，或是蹒跚学步，也或许是懵懵懂懂学做人，只知道像这样手要怎么放，被子要怎么盖，路要怎么走的絮叨叨本来是母亲的专利，是千百年来只可意会不可言传的博爱，然而，在医院里，在导管室与母亲的“专利”相遇，我要怎么描述这样一个平凡岗位上的这么一个群体日复一日、年复一年的对原本素不相识的另一个群体的这种关爱呢？

如若以诸如此类作为推平车的驾驶考核标准，我这一米八二个头的本科生一时半会是很难拿到这个驾照的，很是惭愧！

医院伴我成长

肿瘤医院肿瘤外二科 刘清源

记得刚刚来到总医院的第一天,我还是个稚气未脱的孩子,刚刚考上了研究生,拖着满满的行囊,沉重的梦想,就这样,走进了这里。也真的是赶上了好时光,我来到了刚刚新建成的肿瘤医院完成我的学业,一来就听见科里的各位老师一个劲地说着,以前的环境和现在的环境,可能当时的我,对于这些改变没有太多的概念,只是觉得,一切人、事、物,都很新。

随着刚刚开始,新鲜劲头过去,忙碌的临床工作开始上手,带教老师从刚刚开始还有些不放心的担忧,到后面放手操作的信任,我也说不上来到底是用了多久,只觉得一切很快,都还没来得及给我反应的时间。

就这样,第一年的时光匆匆流逝,耳边回响的是主任的唠叨和批评,更多的也是温暖。对于一个在外科上班的小姑娘,我觉得,我也是受到了无尽的关爱。那个时候,我像看偶像连续剧一样看着里面的每一个老师、每一个大夫,那么的认真,那么的敬业,偶然多些小小的玩笑与微微的怒意,也都让生活增加了无数的光彩。

看着他们对待病人严厉的神情,总是觉得这些老师这么不近人情,已经都是癌症患者了,多一点关爱,自己又不会少些什么,因为这个,我一直觉得我的带教老师太冷血,总是悄悄地用鄙夷的眼光扫向他。直到有一次值班,无意看到他给病人送的一些生活物品,又关爱地叮嘱病人要配合治疗,才突然觉得,自己想的真的是太片面了。其实,他们给予了病人更多的关爱和怜悯。

很多人会说，医生是冷血的，看病看多了，所以感情麻木了。可我想说，医生才是最温柔的，总医院的医生更是最温暖的人。对于肿瘤医生，其实这些温暖更是亟须的，只要你干够足够长的时间，总有那么几个病人，是你眼见着发病，治疗，转移，继续治疗，随后放弃的。每当这个时候，你总是会怀疑、会质问，一次次的这样温暖着病人，真的是值得的吗？换回给自己的，更多的只是一次次的失望。可是，转念一想，对于我们，是看着生命流逝的叹息，而对于肿瘤患者，更多的则是最后一次的笑容和最后的尊严。

记得一次，在手术台上，带教老师给我了一次缝合的机会，我高兴地拿着器械左右摆弄着，想着怎么能漂亮地完成任务，让老师刮目相看，突然觉得后背冷冷的目光，淡淡地说："小刘才刚刚来没多久，这些活怎么能干好，你们也就偷懒，自己不干活。"我很想争辩，但是我知道，像我这样年资的小大夫，又如何与主任争论个高低。对于此，我也算是"怀恨在心"了，虽然表面上不能说些什么，暗地里总是气恼着主任怎么这么不近人情，"不给小大夫机会，我怎么学会嘛""哼，谁不是这样学会的"等等之类。我都不知道这样偷偷地瞟了多少次主任白眼。直到有一天，突然主任拉我到一边，告诉我有一个培训外科技能的宝贵机会，让我去学习，不仅可以练习外科技能，还能学习现在十分先进的外科腔镜技术，主任意味深长地告诉我说："小刘呀，台上是病人，你要为病人负责，所以你的每一个结、每一针线、每一个操作都要精确无误，只有不断地练习，才能做到真正的良医，无愧于每一个病人对你的信任。"那时候的心里，真的是荡起无限的温暖，想想自己以前，只有酸酸的眼泪，在眼眶里直打转。

经历了这几年的努力工作，我已是一个宁医大总院人，但是，从精神境界、人文情怀我觉得，我和真真正正的宁医大总院人，还差得太远。总医院"重视人才、尊重人才、关心人才、爱护人才"的人文情结，已深深地融入了每个总院人的工作中，每个细节、每一次的操作都诠释了对爱、对人、对生命的崇高敬仰。

我热爱宁医大总院这个集体，热爱肿瘤医院这个培养我的热土，从学生时代的青涩到现如今工作岗位的成熟，宁医大总院见证了每一位职工的成长，无论你的岗位是如何，资历是如何，我们都是一个大家庭，我们的每个行为都代表了总医院，代表了科室，我们要将这样的使命感融入生命的血液，把自己的荣辱观和总医院的荣辱结合到一起，真正地让自己成为宁医大总院的“名片”，成为自己科室的“名片”。以孝心对待父母兄长，以诚信对待亲朋好友，以善心对待患者大众。

天使之路

肿瘤医院肿瘤内科　雍海荣

我是肿瘤内科的一名助理护士，我的工作看似平凡，但是在临床护理工作中起到非常重要的作用。就好比大桥桥梁的构架与衔接它之间的螺丝钉密不可分，我，就是这颗螺丝钉，不起眼，但作用大。

记得儿时去医院，我非常羡慕那些身穿白大褂、头戴燕尾帽穿梭在病区的护士阿姨们。当时我就在想，如果我是她们中间的一员会是什么样子呢？于是初中毕业时，我放弃了进入高中学习的机会，报考了宁夏卫生学校护理专业。从那刻起，我成长道路的又一个起点就此开始，我一次次放弃了和同学一起玩的机会，努力学习专业课程，为此，很多同学朋友劝我“赶快改行吧，太辛苦了”等等诸如此类的话，有一阵的确让我很迷茫，辗转反复，但最后我还是坚定了自己的目标，依然选择了这个职业，为此将之更好地坚持下去。

今年2月，我非常荣幸地成为宁医大总院的一名助理护士，并且有幸分配到肿瘤内科，在没进入肿瘤内科之前，我对它不是很了解，只知道它是癌症病人术后化疗的一个科室。在持续的工作中，我与患者有了更多的接触，越来越多地了解到一个身患绝症并且对自己生命没有任何把握的患者，他们所承受的生理及心理能力是常人无法想象的，我从内心佩服他们，并对他们的敬意油然而生，使我对生命有了更高的认识和理解，从他们的身上我学会了坚强、毫不畏惧的精神。

今年5月份,我认识了一个患有恶性淋巴瘤的女孩,十四岁,叫丹丹,非常可爱、漂亮,笑起来非常甜,记得她第一次住院时,病情很重,她面色苍白,就连坐起来的劲都没有。有好几次,我都看见丹丹的妈妈在过道的椅子上偷偷地哭泣。因为丹丹需要做大量的检查来确定病情的发展状况,而这些检查需要一大笔费用,再加上检查就像一座座无形的大山压着丹丹,让身为母亲的她心如刀割一样,她多么希望得病的不是丹丹,而是她自己,她不想看见女儿再受病痛的折磨。丹丹每做一个检查,就像去完成一项艰巨的任务,让这个原本笑起来像花一样灿烂的女孩变得越来越惆怅。一次我陪她去做支气管镜检查的时候,她告诉我,她是家里最小的孩子,是父母的宝贝疙瘩,因为患病,她已经花去家里一半的钱。她不想让爸爸、妈妈那么辛苦,但看到他们为自己付出那么多,又不想让他们失望。在做检查之前,我们在外面等待时,我问她:"丹丹,害怕吗?""姐姐我不怕。"她非常肯定地告诉我。让我不敢想象一个小孩子有这么大的勇气。问她为什么?她说:"我一定要坚持,爸爸、妈妈为我付出了那么多,我一定要配合,不让他们失望,就算我的病情越来越糟,我也一定要坚持。"听了她的话,让我突然不知道怎样去安慰她,因为我已经感觉到她内心渴望健康的那股强大的勇气。就在听到护士叫她名字的时候,她突然问我:"姐姐,做这个快吗?"我知道她害怕了。是啊,谁会不害怕,何况是一个柔弱的小女孩。我鼓励她说:"没事,一会就好了,只要咱能配合,很快的,丹丹,不怕。"当我陪她进去时,帮她躺在治疗床上,做好一切检查前的准备。我看见她的小手攥得紧紧的。在大夫下管时,我们在旁边鼓励她:"丹丹坚持,很快就好了。"突然,丹丹一下子上不来气,氧饱和下降。大夫立刻抽出管子,可丹丹还是上不来气,我们赶快进行抢救。在抢救过后,丹丹情况有所好转,等情况稳定后,我们把她带回病房。看着丹丹痛苦的样子,她的家人,包括我,心里都非常难受,尤其是她的妈妈已经泪流满面,丹丹让我看到了一个小女孩身上的坚强和毫不畏惧病痛的精神。

对于那些身患绝症,却渴望生命、健康的患者来说,我们是幸运的。在他们眼中,我们是白衣天使。一袭飘然的白衣,是一颗纯洁的心灵;一顶别致的燕尾帽,是一项守护生命的重任。无数个阳光灿烂的早晨,我们倾听治疗碗盘的协奏曲;无数个不眠不休的夜晚,我们感受生存和死亡的交响乐章。是护士的双手迎接生命的降临;是护士与病人一起抗争病魔;是护士陪伴着苍白的生命。拉开人生帷幕的人是护士,拉上人生帷幕的也是护士。

我们已经踏上这条充满神圣的道路。中国拥有举世闻名的丝绸之路,长征之路,登极之路,而我们所拥有的,是毫不逊色的用奉献与牺牲刻写的天使之路。

纪念宁医大总院建院80周年

肿瘤医院放疗一科 吕静怡

九年前，我选择了护士这个职业，怀着激动的心情走进了宁医大总院。选择了护士职业，就选择了忙碌、选择了奉献、选择了责任，同时也选择了坚守。共建和谐人人有责。医患和谐是总医院学习实践科学发展观的重点体现，也是总医院加强医疗行风建设、构建和谐医患的关键，增强全院职工做好医疗服务工作的重要方针。让医护人员了解患者就医感受和需要，让患者理解医疗行业的特殊性。我们诚挚的期盼，在医患之间搭起一座心灵互动的平台，我们真心地渴望，医患之间心与心的交流成为现实。诚然，“以病人为中心，以人为本”的服务理念大家早已耳熟能详，为了树立良好的社会形象，总医院不断地在内强素质方面下着大力气。比如，数年来，坚持每天深入病房，做好在院病人及出院病人的满意度测评及跟踪随访，让病人在家中就能得到专业的医疗指导；我们坚持定期邀请社会监督员对医疗服务质量进行暗访，发现问题及时整改；我们坚持认真对待每一个纠纷投诉事件，认真处理而决不流于形式；我们坚持专心去珍惜每一位病员提出善意的批评或意见，并且尽可能地付诸行动。辛勤的耕耘带来的是丰硕的成果。实施“巩固、发展、创新”的工作方针，紧紧围绕总医院管理科学化、医疗技术现代化、医疗服务人性化、医疗收费大众化、医疗环境绿色化，解放思想、勇于实践、锐意创新，使总医院的各项工作取得了骄人业绩。

今天我满怀感恩之心，感恩总医院给我一个实现梦想、实现价值的平台。感恩尊敬的师长、感恩敬爱的同事，是你们给我帮助，给我鼓励，给了我关怀。

记得在去年4月份的一个夜晚，那晚刮着风，天气非常寒冷。那天正是我值夜班，还是像往常一样，忙碌地完成手头的工作。那晚病人还算平稳，因为在放疗科胸组，病人病情变化是非常快的。当时只有一两个发烧的患者，我不停地去测量体温，嘱咐患者多喝水，遵医嘱做各种物理降温。就在这个忙碌的时刻，当我回到办公室的时候，我看到了让我眼泪夺眶而出的一幕。

护士你好！

你对我夫人很好，今晚病房跑了4~5次，我心里高兴得很啊，我看你工作很忙。

对不起，谢谢！

这张纸条上清晰的字迹，看得出，是这位老大爷很用心写的。关心患者本是我们的职责，老大爷却不好意思的认为给我添麻烦了。那一小袋葡萄，对于他们现在的经济状况可以说是奢侈品了。也许这就是我职业生涯中最高的荣耀。

今天，在这样一个喜庆、火热的日子里，我们用我们自己的亲身经历，以真挚的感情、生动的语言、丰富的事例，向大家讲述医患和谐的经验和体会，讲述医患沟通的重要性、方法与技巧，讲述我们与我们所热爱的医疗事业的感恩与和谐、感恩与责任、感恩与奉献。讲述着我们医务工作者的职业生涯中那些平凡但又感人的故事，我们医疗工作看似平凡的岗位背后却蕴藏着那么多的不平凡！使我们大家在互动中情感得到升华、心灵得到净化！救死扶伤本是医生的天职，但有信任我们的病人、支持我们的朋友，我想我们每个医务工作者都会情不由衷，更加坚定我们的信念，认识到我们肩上的责任,其实我们还应该做得更好,我们还可以做得更好!

建院80年以来,几代“总院人”用心血和汗水为总医院的发展建设积累了坚实的物质基础和丰厚的精神财富,曾经有许多医生,护士,工作人员,为总医院做出巨大奉献,正因为有了他们辛勤的付出才有了今天的成绩。我们要秉承他们的优良工作作风,高尚的医德医风和精湛的医疗水平,把我们总院人“人格品德至诚至信 专业技术精益求精”的精神发扬光大。用我们一流的医疗技能和一流的医疗设备驱除患者身体上的病痛,用我们真挚的爱心去抚平他们心灵上的创伤。和谐的医患关系需要用心去播种,用爱去浇灌,和谐的医患关系需要你我一如既往地努力。让“总院人”的精神薪火相传。

夜色中的那缕咖啡

心脑血管病医院血管外科　芦　芳

当你抬头只有灯光，当你低头只有患者，卡布奇诺总是用它那梦幻的泡沫诱惑着你，正如刚刚迈出学校的我来说，总觉得一切都会如奶油般甜腻、顺利。刚刚走出学校，一切的一切都还停留在书本，停留在老师的PPT里，总觉得什么抢救病人了、医闹了离我很远很远。在白天上班之时总有一种背靠大树好乘凉的感觉，自己的心里总在想，有那么多老师顶着天呢，我这个小树先悠闲地生长着就可以了。

但是生活总不可能一直波澜不惊。尤其身在医院这个复杂的环境中，当你还未成长时，他已经携着你的肩膀带着你向前走了。

咖啡在我记忆中，味蕾总是苦涩的，难以下咽，它正如大夜班对于初入医院的我来说是一样的。至今我仍对第一个大夜班记忆犹新。早早的向老师们取好经后，我就踉跄地迎接大夜班了。整十一点我就来到科里接班，老师们提醒我要重点看好危重病人，我傻眼了，一共68个病人，11个都是病危，还有新入院、手术病人，感觉要不就是脑子跟不上手，要不就是手跟不上脑子，总之它俩总是掐架，不肯乖乖合作。接下来是一点钟的治疗，测血压、扎液体、打针、测ACT，三点又有液体、血糖、血压，很快到了五点。因为病人多，加上自身技术不熟练，老师建议我去采血，时间就像在飞奔一样，六点了，又有一大波血糖与血压、氧要测，在这一夜，我只想请求着，时间啊你走得慢些吧。到了七点钟，写晨交班又像一座大山压来，整整十二页呀，在老师的帮助下总算是完成了，床头交接班后已经九点多了，拖着疲惫的身体，我坐在更衣室的椅子上休息，这时带教老师说，还好这一晚没抢救病人。下班后，看着柜子里的那杯速溶雀巢，第一次有一种失落，第一次觉得原味的咖啡其实挺好。

拿铁咖啡是意大利浓缩咖啡与牛奶的经典组合。身在医院，你总感觉时间只有一种。但当你走在路上时，路边的槐花树与桑葚树总是给你些许惊喜。突然它就冒出了许多嫩芽，突然它就绿荫一片片，突然就五月槐花飘香，突然就绿了芭蕉红了樱桃。突然间我就不再是那个看见急诊病人急的不知所措、看见医生会脸红的小护士了。突然间咖啡就已经陪了我快两年了。现在的我会在夜班前备上一杯原味咖啡一杯牛奶，让它的醇香陪我一夜。

当值大夜班的你走在医院的长廊时，抬头是明晃晃的白炽灯，低头是熟睡的病人，看着他们平稳地睡着，你的内心总是无比的欣慰，不是惧怕繁忙，只是因为，这两年来，夜班教会了我要尊重生命，呵护健康。

当我睡醒来，我会在午后捧着一杯拿铁，让斜阳低低地划过我的书，字里行间让那缕醇香蔓延。

生命因你而精彩

心脑血管病医院内分泌科　康文娟

2015年8月1日,我无比自豪地参加了心脑血管病医院的“精英拓展训练活动”。没曾想,这一次活动会在我的生命中画上浓重的一笔且永不褪色!

“高空项目”和“纸牌游戏”中,每个人都能够挑战、超越自我,而且团结一致,有勇有谋,但是在训练活动的尾声,我们却迎来了最艰难的挑战——“搭人桥”。教练详细介绍了活动的规则:1.两人一组,用自己的右手捏住左手的腕部,与同伴面对面蹲下,并用左手握住对方的右手腕部形成一个“井”字;2.过“桥”的人在到达目的地之前脚不能落地;3.整个活动过程中任何人不得发出任何声音,否则将视为犯规,必须从头再来。

活动规则听起来很简单,接下来首先要确定谁来搭人桥,我与大家毫不犹豫地跑上前去,但很快就被自己的队友们赶了回来,只留下了16位“勇士”。

挑战开始了,起初并不顺利,总有这样那样的犯规,不得不从头再来,但是没有人抱怨,大家都默不作声,抓紧时间再次迎战!

前面的“桥”断了,张飞雄看了同伴一眼,两人迅速起身飞快地冲到前面“搭桥”以免队友跌落;因为天热,朱国突然流鼻血,但他顾不得许多,慌忙中抓了纸巾塞进鼻孔继续“搭桥”;丁勇的膝盖磨掉了皮渗出丝丝鲜血,这样的疼痛也没能阻止他拼命奋战;流下的汗水遮挡了刘志军的视线,他依然没有松开为队友“搭桥”的双手;看到队友体力不支,修理班的福班长立刻紧靠队友默默地告诉他:“好兄弟,坚持住!”因为头天值夜班,锁志钢累得面色苍白,但他永远都是抬头默默地微笑着告诉每一个队友:“加油!我们能行!”……

就这样,一遍又一遍的循环,在场每个人都红着眼,含着泪,默默地祈祷,当我踏上“桥”,低头看到队友们磨掉皮的双手时,眼泪抑制不住地奔涌而出,短短的30米距离,竟然走得如此沉重,胸口仿佛有一股巨大的水流会随时喷发而出,我咬牙告诉自己:“康文娟,你必须成功,你不能让你的队友失望!”

人世间,总有一种力量会让我们感动得泪流满面。感动源于内心,又滋养内心,它使人心向善,它发自丹田,自然单纯的事情,犹如天雷勾动地火般,赋予人们无比强大的力量!眼看到达胜利彼岸的队友越来越多,不知何时,那一双双握在胸前祈祷的双手此刻都紧握成拳,仿佛这不是一次挑战,而是一场没有硝烟的战争!对,胜利不相信眼泪,胜利属于勇敢坚定的人!最终,我们近百人的团队以37分钟的优异成绩打破60分钟的历史纪录!我们胜利了!

想走得快,一个人走;想走得远,就一起走!心脑血管病医院人继承并发扬总医院“人格品德至诚至信　专业技术精益求精”的院训精神,奉献自己的热血、辛劳与汗水,团结一致,勇往直前,为了守护一方百姓的健康,为了医院的明天更美好而奋斗不息!

如同胜利一样,病魔与死亡同样不相信眼泪,为了守护患者的生命线,宁医大总院人要求自己“专业技术精益求精”!不但自己发展壮大,而且还担当了陕、甘、宁、内蒙古医学中心的角色,为西北地区的医学事业发展做出了应有的贡献。尤其是护理工作,在院领导的高度重视与关怀下得到了飞速、积极向上的发展,越来越多的护理工作者取得了卓越的成就:保金涛获得了全国护理用品大赛一等奖,詹海棠代表心脑血管病医院荣获全国医院QCC大赛二等奖的好成绩……这样的荣誉太多太多,多么鼓舞人心啊!

亲爱的总医院，您和心脑血管病医院更像是我的良师益友，虽然我现在只和您一同走过十多个春秋，然而生命的最宝贵之处并不在于它的长度，而在于它的广度和深度。自己始终没有忘却年少时的豪言壮语："没有经过磨砺的人生是苍白的人生。"是您锻炼了我坚强、勇敢、甘于奉献的品格，赋予了我宽大、包容的胸怀，增长了我的智慧和阅历，帮助我收获了事业、家庭与幸福！

由衷地谢谢您，我亲爱的老师，我相信每个宁医大总院人的生命都会因您而精彩！

医者之路

——喜迎总医院建院80周年

总医院妇科 齐美敬

不知不觉中，我在总医院已经度过了三年的美好时光，这期间有欢笑，也有泪水，有成功，也不乏挫折，但最终留给我的是无数珍藏的回忆，是对各位老师传道、授业、解惑的感动；是为我逝去的青春填补了一笔笔浓墨重彩，让我在医学事业奋斗的路上更加游刃有余。让我的青春，更加绚丽多彩，更加充实，而且生机勃勃。

选择了医生这个职业，就意味着要忙碌一生，带着自己那份坚守、那份责任心奉献一生，我没有什么远大的目标，我的目标就是一步一步踏踏实实走下去，尽自己努力做好每一件事情，带着我那份爱心、仁心，全心全意为人民服务；当然，过硬的医学知识及专业技能是成就一名好医生的基础；当我从校园的象牙塔里走出来，手上除了一纸文凭外一无所有，然而在我踏入宁医大总院短短的几个月里，让我学到了书本上没有的知识。遇到不懂的地方，同事们不厌其烦地给我讲解，她们把多年的经验无条件地传授给我，就这样，在她们的带领下，我从不熟悉到熟悉，从不会到会，从不能完成到独立完成，从茫然到充满希望，渐渐地我感觉自己身上的羽毛渐渐丰满，一点点长大，总有一天我会展翅高飞。

今天我满怀感恩之心，感谢总医院给我实现自己人生价值的平台，感谢各位前辈们、老师们及各位同事给予我的帮助，你们的谆谆教导以及以身作则的态度将是我一生的财富。回想这三年来，不论何时何地，你们总是牵挂着病人，希望他们能健健康康的。尽管也会面对患者的质疑，尽管有着太多的无奈，但你们依旧尽自己所能制订治疗方案、对症下药，真正为患者考虑。时刻警醒我们治病救人是医生的基本良知。即使有些疾病本身不能治愈，我们也要尽自己所能帮助病人。面对一些我们没有能力去改变的事情时，我们更多的是给予病人关爱。我也将尽自己最大所能帮助、关爱患者，使其摆脱疾病困扰，恢复健康。

我带着这份感恩之心，将继续秉承前辈们的优良工作作风、高尚的医德医风、精湛的医疗水平，将他们积极进取、不懈努力的精神发扬光大。用一流的医疗技能和医疗设备驱除患者身体上的病痛，用真挚的爱心去抚平他们心灵上的创伤。让我们总院人的精神薪火相传。

时光深处 岁月静好

——庆祝医院建院八十周年

总医院门诊部 史秀琴

经过八十年的风雨洗礼,经过八十年漫漫长路,在这秋收的季节,宁医大总院迎来了八十周年的生日。同样在这硕果累累的季节,也是我正式参加工作十年的日子。我以最诚挚的祝福为礼,祝您生日快乐!

十年听起来并不沧桑,却也砥砺漫漫,虽然我没有机会见证过医院发展的每一步历程,但这十年,我工作在医院,点点回忆在医院,见证了医院这十年的成长,让我感受到了它不断强大的气息。十年前的红砖平房翻盖成一座座崭新的病房、培训中心、科研实验室等,一座座低矮简陋的病房不断地翻新,为了满足患者的需求,不断地在扩大医院和病房。设备也在不断地更新。挂号系统从以往的排队挂号到今天的动动手指就可以网上预约。叫号系统从诊区护士叫号发展到今天的诊间医生叫号。采血室由原来手工写管到今天的智能采血仪的使用。这十年间通过门诊就可以深刻地体会到医院翻天覆地的变化。

这十年间,作为门诊一名普通医务工作者,感受到了我院专家团队戒骄戒躁、兢兢业业、不辞辛劳,传承着我院廉洁行医的文化。让我曾想起这样一句话:“不为良相,便为良医”。良相治国,良医治病,将相与医相提并论,可见医的重要性。也许他们从医的初衷就是如此吧!门诊作为医院的窗口,给患者提供一个优质的就诊场所,提高优质服务,达到患者的满意度,打造医院品牌。我们每位门诊人首先以自身做起,运用扎实的基本功,良好的观察反应能力，服务于每一位患者。并不断地进行礼仪培训，一颦一笑，举手投足间透露出“想病人之所想，急病人之所急”的护理理念。我们深知我们的一举一动是生命所系，我们的爱心、细心、耐心、责任心更是凸显出大爱无疆。俗话说：“三分治疗，七分护理。”这句话就真正地体现了护理的重要性。南丁格尔曾经说过：“护理是一门艺术。”而我们从事这门艺术需要很大的心理准备。时光流逝着，岁月沉淀着。一天天，琐碎的工作慢慢磨平了我曾经锋利的棱角，让我不断地成长；一年年，在这平凡的岗位上，我用爱心，奏响着一曲曲生命的乐章，以殷殷的真情诠释出平凡中的伟大。让我更加体会到“白衣天使”的工作不仅仅只是一双机械忙碌的手，更要用心、用情、用爱、用微笑去面对每一位患者，白衣天使的形象要用心来体现。如果说交流是一泓清泉，那么语言就是那宽广的河流，可以让泉水琐碎的汇集，发挥更大的力量。如果说关爱是一叶轻舟，那么行动就是那徐徐微风，可以将人与人之间的小船传送到恬静的港湾。

这十年间，让我记忆深刻的是去年我院一名医生急需用血，我们立即启动传递红丝带行动，在我院献血中心里人头攒动，一幕幕感人的场景令人难忘：一个个医院职工，主动伸出臂膀，一股股鲜红的热血顺着采血器缓缓汇入血袋，大家用浓情和真爱共同托起了生命的希望。无言做奉献，热血写赤诚。在这次献血活动中，涌现了许许多多普通职工感人的事迹。大家唯恐自己“落后”，抢先坐在献血位子上。献完血紧接着默默无闻地投身于繁忙的工作中。“献爱心、构建和谐社会，没有什么比献血更能负有标致性的。”这是中国工程院院士、著名的血液病专家陆道培教授说过的一句话。无偿献血，是爱心，是奉献，是救死扶伤的崇高行为。我院广大职工以实际行动来谱写爱的篇章。这种情浓爱满的崇高品质，正是我院构建和谐社会、和谐医院的精神力量和具体体现，值得大力弘扬和努力传承。我想只有虚心投身于不断的学习中，热心投身于医疗事业中，才能真正实现人生的价值，才能体味到追求与幸福的真谛。

时光深处，演绎着宁医大总院多少的重重过往。这十年医院伴我成长,其中的酸甜苦辣我历历在目。俗话说:高素质的业务人才是医院生存和发展之本。医院不断引进高素质、高技术人才,让医院的队伍不断壮大。医院的每一位员工都在默默奉献,默默耕耘,秉持着“以人为本,为人民健康服务的宗旨”。大力弘扬“人格品德至诚至信 专业技术精益求精”的宁医大总院精神。作为一名医务工作者,不但理解患者的病痛,还深知患者的需要。因此,我们不仅是健康的守卫者,更是病人的“亲人”,我们用无私的大爱、甜美温馨的服务,减轻患者的痛苦,挽救患者的生命。只要我们每个人都付出了辛勤的汗水,只要我们都默默地做出了奉献,换来的将会是康复患者充满赞许和感激的目光,换来的将是一面面锦旗、一封封感谢信。只要我们每一位医护人员,对医院未来的发展都充满信心和希望,用勤快的脚步,自信阳光的笑脸,来面对我们的患者,迎接我们的工作,我们医院的明天就会更美好,更辉煌!

感谢宁医大总院,感谢您让我成长!衷心地祝福您,祝您越来越璀璨耀眼!

小楼的变迁

——为院庆八十周年而作

总医院医学实验中心 任新明

翻开尘封的往事，打开发黄的照片簿，在许多总医院人的心底都曾珍藏过对一座不起眼的小楼的记忆。

小楼坐落在综合病房南端，青砖红瓦，不事张扬，不动声色，透着一种安静和朴素的美。它曾经是许多年轻人的单身宿舍，也曾是保卫科的临时办公室，抑或是临时做过贮物的库房。小楼的魅力在于其“老”，讲起它的历史，却是积淀了近五十多年的文化记忆。

据说它是1958年自治区成立时由苏联专家设计建成的，作为当时的建筑，考虑到宁夏地处沙漠，它采取了砖木结构以减轻楼的自重；楼顶的三角形房梁是用木头做的，一楼和二楼的地板是用木头做的，房间与房间的隔离墙是用木头做的，住在里面你能感觉到它的轻盈与舒适，更别说冬暖夏凉的惬意了。还记得单身的时候，一帮青年人早晨起来锻炼，拿个足球从楼的东头使劲一踢，楼的西头便轰隆隆地响了起来，更有个大嗓门使劲一喊：“起来锻炼啦！起床啦！”那个滋味真叫一个不爽，想睡的不能睡，想发脾气的又没法发，只好爬起来陪练了。

回忆起小楼，她也显示着独特的精神气质。这里曾孕育出了许多的国内外知名专家、教授。那时许多年轻人中午下班后，总是随便吃几口饭，然后抱个书本津津有味地读了起来，嘈杂与肃静的对比中，他们守候着一份从容，积蓄着一份厚积薄发的力量；到了夜深人静的时候，小楼灯光仍然明亮，给沉闷的夜晚带来了几分灵气。那些埋头读书的医生，似乎忘却了白天的疲惫，又像一个上满发条的钟不停地转了起来。多年后，他们中间的许多人已是当今有名的主任、教授和学科带头人了，因此有人戏称这座小楼是附属医院专家的摇篮。

时光荏苒，转眼小楼度过了生命中最美好的时光，它不再有当年的轻盈漂亮，不再有标志性建筑的盛气凌人，也不再有曾经的博敞弘丽和奢华气派了。它的腰上曾经打上水泥板以防坍塌，它的面容也失去了往日的光华，终于有一天，挖掘机开进了施工现场，小楼在许多老职工依依不舍的眼光中彻底地被夷为了平地。

如今，八十年过去弹指一挥间。宁医附院已经更名为宁夏医科大学总医院，走进医院，到处层楼林立，无论你从哪个角度看，你一定能发现这里楼是最高的，也是最漂亮的。西边有十层高的住院部大楼，南边有十二层高的门诊大楼，北边是肿瘤医院大楼；这边有科技楼，那边有技能培训中心综合楼，而群楼中最显眼的当属面积达48000多平方米，高19层的外科大楼了。它壮观气派，整个楼身像是伟岸的丈夫高耸于医院的西南角，默默注视着这片日新月异的土地。楼中央的青铜奔马雕像昂首飞奔，宽大美丽的汉白玉浮雕更加增添了它的妩媚，也时刻提醒着大家要做白求恩、南丁格尔那样的白衣天使；楼前宽阔的草坪、路边的喷泉、道边的花园构成一幅灿若图绣的风景，在这样的环境中工作，总能给人一种心旷神怡的感觉。

记忆中的小楼不见了，展现在眼前的是高耸的楼群。我怀念过去沧桑的小楼，但我更爱今天辉煌的大厦。

英国作家弗吉尼亚·伍尔夫说："在一个平淡无奇的时代之后，总要出现一个天才辈出的时代；在一个激情奔放的时代之后，总要出现一个埋头苦干的时代。"今天的宁医大总院人，在星光灿烂过后，既保持着一份宁静与清醒，又迸发着激情和勤奋，他们的事业和生活将会像这一座座高耸的楼，今天二十层，明天三十层……

明日绽放的花朵

总医院妇产科　李望舒

在这里我想先问大家一个问题，当初是什么让你选择当一名医生？如果现在给你机会穿越回过去，你还会在明白当医生需要付出的一切辛苦后还毅然决然地选择这一份责任吗？我不需要答案，因为每一个人心中都有自己的一份答案。

实现自我人生的最高价值、拯救生命的自豪感，是这些原因让我们踏进了医学的大门，也是这些原因让医生成为一种世界上最为特殊的行业之一，在这个职业中，我们真正想要收获的不是金钱，而是自豪与价值。她，隔开了生命与死亡的界限。医生像是守护者，永远站在生命这个悬崖的临界点上，把所有走向深渊的"盲人"拉回生命的彼岸，我们遥望着黑暗的深渊，点亮生命的光明。医生也是人，会累也会困，但是当我们看到一个"盲人"正在不自知地走向悬崖的时候，伸手拯救每一个生命是本能也是医生与生俱来的责任心。

医生这个职业之所以有分量，是因为"生命"这个沉甸甸的重量压在身上。

但是长久以来，我们总是以生命拯救者的身份自豪着，却发现在大众眼中，医生这个职业已经渐渐变了味道。"医患关系"带着一把血淋淋的刀横亘在医生与患者之间。让医生和患者都不得不反思——医患关系走到今天，究竟在悄然间发生了怎样的变化。为什么医患关系如此紧张？

任何话题，只要关乎生死就变得极为敏感，而医患间最本质的关系却是可以称之为“生死”关系。敏感的事情总容易触发人暴躁的神经，特别是在当今的中国，患者就医不易，医生坐诊不易，双方都没有足够的耐心与时间去沟通去理解。而医生长期的高负荷劳动，本身就处于一种疲惫与烦躁中，缺乏沟通所需的最基本的耐心。短平快的“快餐式”社会节奏并不适合医患之间的沟通，沟通不畅，各自站在各自的角度去诉说自己的困难，缺乏足够理解，使得医患关系越来紧张。

总结起来，我认为主要有以两个方面：

第一方面，医生的文化水平普遍较高，而患者文化水平参差不齐，会有时觉得患者听不懂自己的话，没有耐心去详细解释。此时，医生应该多站在患者的角度去想。每一个自己或者亲人处于病痛中都是希望有权利也有能力了解病情的。需要的仅仅是一句安慰话语和更多的耐心。

第二方面，患者的期望值过高。在各种医患关系里面，可以发现，有那么一群人认为自己付出了金钱，那么医生就要治愈他的疾病，甚至要给医生硬塞红包，认为这样才有“安全感”。在过高的期望被打碎后，病人及其家属的情绪不稳以致殴打医护人员的事情时有发生。

我们这个职业非常的特殊，比起一般的职业，医生们真正的驱动力是“责任心”。社会赋予我们8小时的工作时间，但是我们守护生命的责任感却是全天24小时不能缺席的，死神不休息，医生也不能休息。

有这样一个故事，有一个女孩，她拥有一种特殊的能力，就是能够把自己的生命分给奄奄一息的生命，使得垂死的生命获得新生。这是一种宝贵的能力，但是对于这个女孩来说是世界上最危险的能力，每每面对垂死的生命在自己面前苦苦挣扎，她都没有办法视而不见。每次她都告诉自己，只是分一点点生命给他人就好，但是正是这每一次的一点点慢慢消耗了她所有的生命。这个故事的名字叫作《明日绽放的花朵》。

医生就是这个女孩在凡间的化身，拥有这个世间最宝贵的能力，让垂死的生命重新焕发生机，然而这个过程当中可能会消耗自己，劳累自己，可能要付出自己工作之外的时间。此时此刻我们既是医生,也是那个拥有特殊能力的人,守护生命从工作变成一种本能。既然当初选择了这个职业,就要有勇气去承担,你的苦与累换来患者一份宝贵的生命,你愿不愿意?当金钱换不来的健康与生命你有能力用自己的劳动与时间换来时,你愿不愿意?每一个具有爱心的人都知道答案!

可以说,社会上再也没有一种职业可以让两个原本陌生的人如此坦诚。医患关系的改善需要医生与患者的共同努力。作为一名医生,应该在职业知识之外,把责任心放在第一位。把沟通与理解当作自己与患者之间最重要的一剂心灵药方,更好地服务于患者。

我自豪，我是宁医大总院人

总医院烧伤整形科 马惠珍

金秋时节，总医院将迎来建院八十周年华诞，这既是医院发展史上的里程碑，又是医院继往开来、加快发展步伐的重要时期。穿越岁月的历史长河，历经八十年的风雨洗礼，如今，宁夏医科大学总医院已傲然屹立于美丽的塞上江南，并发展成为毗邻陕、甘、宁、内蒙古四省区，集医疗、教学、科研、考培、保健于一体的区域性医疗中心。宁夏医科大学总医院在时代的变迁中，崛地而起、岿然而立，以其较强的综合实力闻名遐迩，享誉西北。

作为一名宁医大总院烧伤整形科的普通护士，我有幸见证了科室、医院的逐步发展与壮大，倍感骄傲和自豪。尤其是今年年初，在院各级领导的关心和帮助下，我们也搬入了宽敞明亮的新急诊大楼。新气势，新形象，新感觉，新动力，我们终于有了新家。相信在总医院这个大家庭的呵护下，我们烧伤整形科一定会有更加美好的明天。

忆往昔，烧伤整形科也曾经搬过几次家，但每次都是旧楼，空间狭小不说，空气不流通，整个科室几乎每天都弥漫着烧焦的腥臭味。冬天没有热水洗手，夏天无法使用风扇，因为我们的患者大多采用暴露疗法，需要维持室温在30℃以上。还要使用远红外线治疗仪保暖和治疗创面。炎炎夏日，我们科室的医护人员只要处置患者，不管是手术、换药、做基础护理，哪怕是为患者进行静脉穿刺，无不汗流浃背。工作衣湿了干，干了又湿，汗水伴着泪水，我们从没有怨言。

这是一个团结向上的集体,是一个温暖和谐的大家庭,在这里,每个医生和护士都是兄弟姐妹,工作时医护紧密配合,团结友爱,每个人都任劳任怨,一丝不苟。不管烧伤患者在其他人眼里是多么的“恐怖”“害怕”,他们只是我们的患者,是需要我们关心和帮助的弱势群体。我们不会流露出一丝的不情愿。不为别的,只因为我们要无愧于“白衣天使”的荣光,哪怕天使也会哭泣……闲暇时,我们互相关心、互相帮助,科室领导定期组织我们参加各种类型的集体活动,可以带家属带孩子,极大地融洽了科室人员和家庭间的关系。科室的兄弟姐妹们谁家有事,我们都会送上我们的关怀。正是因为有这样的大家庭,我们才能苦中有乐,才能把更加饱满的热情投入到平凡枯燥却又神圣的医疗工作中。

记不清我们抢救了多少成批烧伤的患者,他们少则三五人,多则十几、二十人,突发事故常常给患者及家属还有单位带来措手不及的毁灭性打击。他们情绪极端不稳定,濒临崩溃的边缘,我们一边要积极救治患者,还要安抚单位和家属,工作难度可想而知。每次抢救成批烧伤患者,都是全科上下,加班加点,甚至吃住全在科里。我们无法照顾花甲之年的父母,还要抛下嗷嗷待哺的孩子……2003年某合金厂发生特大事故,我们创下了全科室加班一个多月的辉煌纪录。那是一段不堪回首的经历。直至今天,我仍然无法忘却那段日子,汗水伴着泪水,艰辛收获幸福!不仅仅是科里的医护人员,甚至我们可敬的家属都投入到那场没有硝烟的特殊战斗!忘不了亲人们送来的一锅锅美味可口的饭菜,是他们给了我们坚实的臂膀、温馨的港湾、强有力的理解和支持。正是他们成就了我们天使的梦想。谢谢了,我们挚爱的亲人!

今天,我们烧伤整形科一步步发展壮大了起来,床位从原来的十几张增加到一百多张。患者的就医环境明显改善,宽敞明亮的病房,方便而舒适的卫生间,洁净的饮用水,舒适的空调房,崭新的病床,还有二十四小时不间断的热水供应。条件好了,我们更爱这个大家庭了,我们烧伤整形科的明天一定会更好。

亲爱的朋友们，生活不可能一帆风顺，总会有这样那样的沟沟坎坎、曲曲折折。但生活旅途中遭遇的任何困境相对生命健康来说都显得脆弱无力！无论何时请记住有这样一个群体，他们有一颗仁爱、博爱之心，默默地为人类的生命保驾护航，这就是我们宁医大总院人。我们会用我们的真诚去构筑救死扶伤的和谐殿堂。

我自豪，我是宁医大总院人！

行进中的宁医大总院

心脑血管病医院血管外科　马　玲

医院始建于1935年，几经历史变迁，原称宁夏省立医院，2010年12月正式称为宁夏医科大学总医院。今天，在美丽温馨的阳光下，宁医大总院迎来了她八十岁生日，我以最诚挚的祝福为礼，祝您生日快乐！

2013年，我刚加入到这个集体中，虽然我没有机会见证医院发展的每一步历程，但我感受到了它强劲的发展气息。

她，心中装载着六百多万宁夏百姓，呵护健康从未停歇；她，如巨笔绘跨越式发展宏图，革故鼎新快马扬鞭；她，作为全区医疗行业的一面旗帜，集多项荣誉于一身；她，因蕴藏着半个多世纪的文化技术积淀而厚重，因闪烁着现代文明之光而年轻。

八十年的时间，医院已经旧貌换新，目前已发展成为一所集医疗、教学、科研、急救、预防、康复、保健为一体的综合性三级甲等医院，精湛的医术，良好的服务，悠久的历史，使医院在宁夏享有很高的荣誉，深受广大人民群众的信任和好评。如今的医院高楼耸立，环境优美，设施齐全，交通便利，这对于每位病人来讲是康复、疗养的好环境，今年新建的急诊大楼，更加保证了患者住院的安全，这一切不仅为病人提供了一个更舒适、整洁、美观的就医环境，也为医护人员提供了良好的工作环境。

作为一名年轻的护士，我不断地向老同事学习，在这里我更加体会到“白衣天使”的工作，不仅仅只是有一双机械忙碌的手，更要用心、用情、用爱、用微笑去面对每一位患者。

花开花落几度寒暑，八十年的阳光弹指一挥，月满月亏，潮涨潮落，八十年的历程岁月章回。“不积跬步无以至千里”，医院的发展壮大还需要我们每个人从自我做起，从身边做起，砥砺漫漫，必将春华秋实，宁医大总院，未来的日子有您，有我，有我们，祝您一路好风景。

化作春泥更护花

心脑血管病医院药剂科　马　丽

人一生能有几个八十年？对于我来说，这是一段漫长的旅程，其中夹杂着酸甜苦辣调和的人生百味。但是对于一家植根于救死扶伤、减轻病患伤痛、挽回无数家庭希望的医院来说，八十年只是沧海一瞬罢了。

从最初的宁夏省立医院到今天的宁夏医科大学总医院，就像一粒小小的火种，逐渐闪烁蔓延，终成燎原之火。而今它早已经成为一把熊熊燃烧的火炬，而无数医护人员的精湛技艺、孜孜不倦的科研精神和认真负责的态度就是源源不断的能源，维持着这个孤傲的火炬散发出暖人的光芒；而我，只是一缕微不足道的火苗，竭尽自己所能只为一个小小的目标——散发出属于自己的光芒。

离开学校那个圣洁的象牙塔，面对着复杂繁琐的社会，心中难免不安忧虑。对于未来，心绪纷繁交错，仿佛无根的浮萍漂摇不定，而多年的医学院校生活，已然让我对于“白衣天使”这个职业的向往之情，悄然于心萌芽生根。在走进医院大门的那一刹那，心情激动却又掺杂着忐忑不安；在穿上白大褂时，万般情感翻涌不定，唯有一丝坚定，让我平静下来，用最执着的姿态去面对未知的医院生活。

理想和现实总是有偏差的。以前看电视时，电视剧里医生护士总是以一副游刃有余的姿态处理着各种棘手的患者病情，神采奕奕、派头十足地行走在明亮的走廊中……但是，现实却给了我沉重的一击，让我彻底、清醒地认识到，医院并不是我所想象的那样轻松愉快。每天的工作繁重琐碎，我无法想象，原来接待病人并不是简单的三步走，而是需要无数的医护人员的辛勤付出才可以。就这样，我从最基础做起，从开始的打打下手到现在的独当一面，这其中蕴含着我无数个日夜的汗与泪。就像稚嫩的花蕾在风雨的磨砺下终于绽放出自己的美丽。但这美丽的背后又有着我数不尽的心酸和愧疚……

作为医院双职工的家庭，工作与家庭不可兼得，我在工作和家庭中，却都没有做到我理想的状态。时常会衡量自己的价值，在医院、在家庭，我能否做到更好，能否将两者的利益平衡？但是事实告诉我，两者之间根本无法将精力均匀，我必须选择我的梦想，追逐着梦想的脚步前行。“一个人至少拥有一个梦想，有一个理由去坚强。心若没有栖息的地方，到哪里都是在流浪。”

《孟子》里讲：鱼和熊掌不能兼得，舍鱼而取熊掌也。对于家庭和医务工作，哪方是鱼？哪方是熊掌？自己的私心告诉我，父母需要照顾，女儿需要呵护；然而良心又告诉我，我所选择的即是我的职责所在，“健康所系，性命相托”，这需要我永葆青春地走下去。从业以来忙碌的生活没有给我足够的时间去纠结非要在两者之间选出个主次，等到我现在有意识回过头来反思自己时，发现自己不知不觉选择了在医务工作上努力地成为一名成长者和守护者很久了。每每想起院训“人格品德至诚至信　专业技术精益求精”，胸腔中就溢满了作为宁医大总院人的成就感和对宁医大总院人的无限骄傲。

小小的我，能够为凝聚文化力量，构筑和谐医院贡献绵薄之力，在于我就是价值的所在。虽然从医之路荆棘遍布，但我也无所畏惧，勇往直前。

漫漫时间长河，八十年的文化积淀，一代又一代宁医大总院人的躬耕实践；厚积薄发的文化，将凝聚前行的力量，继续引领医院在医学科学的海洋里乘风破浪、扬帆奋进，驶向更加辉煌绚丽的明天。而我，只愿化作春泥更护花！

无影灯下的白衣战士

肿瘤医院手术室 唐诗荟

2008年5月12日——一个让所有中国人都无法忘记的日子。这一天，汶川发生了8.0级特大地震，在地震发生的那一刻，一群白衣战士正在打着一场没有硝烟的战争，做着一台特殊的手术。地震发生时，都江堰人民医院的五名医护人员，正在为一名病人做阑尾切除手术。面对强震，断电，他们没有放弃病人逃生，而是不约而同地选择了留下。在应急灯的照耀下，大约花费了半小时，为病人完成了手术，并抬着病人走出了大楼。成为那栋大楼里，最后逃生的人。我当时还只是一名在校大学新生，正在为自己所选择的专业犹豫、徘徊的时候，听到了这则真实而又感人的事情后，我默默地下定决心，要好好的完成我的学业，将来，要成为一名像他们一样合格的白衣战士！四年后的今天，很荣幸的，我站在了这里，实现了我的梦想，成为了一名白衣天使，在我所热爱的手术室里工作，并不断努力做得更好。

记得有一次值夜班，遇到了一位手术后需要送入ICU的患者，从肿瘤医院到外科大楼ICU病房需要经过一条长长的空中通道，那是一条生命之路。伸手不见五指的走廊，只听得见急促的喘息声、匆忙的脚步声和车轮转动的哐当声，哐当，哐当……那时，我们已顾不得担心会因跑得过快而摔跤，一心只想着能快点，快点，再快点！我仍清晰地记得那种紧迫感，一分一秒都是那样的弥足珍贵，早一秒到达，患者就能早一秒脱离危险。麻醉医生、手术医生、护士齐心协力，只为那同一个目的奔跑在漆黑又漫长的通道……直到患者安全到达,压在胸口的一块石头才算落下,心情也变得豁然开朗。返回的路上,只觉得那原本漆黑的通道也被洒满了月光,变得那么美丽。这件事情过后,更加坚定了我的信念。我无悔成为了一名护士,我更自豪,自己是一名无影灯下的白衣战士!

有人说用自己的左手温暖自己的右手是一种自怜,而用自己的双手去温暖别人的双手,却是一种奉献。作为一名白衣天使,面对患者渴求的目光,我们义无反顾;面对工作的一贯平凡,我们从容不迫;面对肩负的神圣职责,我们兢兢业业;面对时代的召唤,我们勇往直前。因为,我们的双臂撑起的是希望,因为,我们的双手托起的是明天的太阳。如果说,无私的奉献精神是白衣天使永恒的追求,那么,高尚的医德风范则是我们珍视的生命!爱与奉献,是我们白衣天使永恒不变的主题!爱与奉献,是白衣天使无悔的选择!

刚进入手术室工作的时候,我也曾有过不适、有过抱怨。没有午休时间,经常不能按时吃饭,一饿就是几个小时;手术连接很紧凑,几台手术下来就已经是筋疲力尽了,但还是要坚持做完剩余的手术;不论身体是否舒适,手术还是要继续;没有固定的下班时间,加班加点是常事儿。但当我们看到患者无助的眼神和渴望的目光时,让我瞬间忘记了饥饿与劳累,全身心地投入到新一轮"战斗"中。在这一年中,我真正体验到了手术室护士的不易与平凡,体会到了医务工作者的艰辛与崇高。但是,想到患者在接受手术治疗后能够缓解痛苦、改善健康状况,那么,再苦再累都是值得的,因为,有什么能比生命更重要呢?

朋友们,如果我们的医院是一棵参天大树,我们则是与树干息脉相连的片片绿叶;如果救死扶伤的事业是一条奔腾不息的河流,我们则是激流中绽放的朵朵浪花。患者在你心中有多重,你在患者的心中就有多重!

我骄傲,因为我是一名救死扶伤的白衣天使!我荣幸,因为我身属团结奋进、无私奉献的团队!我自豪,因为在我的身边,有无数甘于在平凡的岗位上创造不凡业绩的人!我无悔,因为自己是一名无影灯下的白衣战士!

用心撑起生命的蓝天

心脑血管病医院心内科　仇玉明　李　芳

从呱呱坠地，到离开这个世界，我们与医院、医护人员都有着难以言喻的情感，与生老病死息息相关。年幼的我们在心里埋下一颗种子，伴随我们不断成长，直到有一天长成参天大树。我们拥有最为崇高的理想——成为一名医者。甘愿为此奉献自己的一生。白衣使者承载着生的希望，没日没夜，无休无止，始终奋斗在生命的第一线。

儿时的梦想，现在实现了，我如愿地穿上了白衣，成为宁夏医科大学总医院心脑血管病医院的一员，我很骄傲。我要向总医院报告，报告心院的成就，为您八十岁献礼，您的孩子值得让您竖起大拇指，时间过得真快，转眼间心脑血管病医院开业四年多了，自开业以来到现在才真正体会到创业的艰辛和成功带来的喜悦。当我打开手中的摄像机，看着曾经的画面，心院发生着翻天覆地的变化，今天我就介绍一下心院的冰上一角——心内科。

时间都去哪儿了，我不知道，但我有颗感恩的心。记得刚开始随着病人不断地增加，医护人员短缺，很多事情让人措手不及，两院领导为我们积极协调人员、借仪器，护理部更是照顾我科，别科的人员可以缺，但是心内科人员总是相对其他科来说已经很到位了，使得我们非常感激！院长、书记、护理部主任们多次到科室帮我们解决问题，基本上是有求必应，总是格外关心，我们没有理由不认真做好，齐心协力带领全科医护人员共同努力，一直坚持将科室的安全管理放在首位。我感谢领导，感谢他们无条件的支持，我感谢我们的第一个病人，感谢他的信任。

科室主任、护士长培养了我们主人翁的精神，在管理方法上加强协作配合，提高管理水平。鼓励大家参与管理，按工作年限及能力分层培养管理的能力，做到事事有人管，人人有事管。以“和谐、发展”为理念，努力打造一个充满活力的团队。主任告诉我们科室就像一艘大船，要想扬帆远航，必须上下一心。在日常工作中，不但要处理好医患关系，还要处理好医护关系、同事之间的关系以及上下级间的关系，这是一个团队，处理好，全体一心，其利断金，处理不好，则是一盘散沙，日常工作可能均无法正常开展。故没有和谐，也就没有发展。

在工作中，首先要使大家明白，科室是大家的科室，每个人都是科室的主人，每个人都应该以主人翁精神参与管理。其次，发展是永恒的主题，科室要发展，个人要发展，能处理好科室与个人的关系，得到每个人的认同及理解。充分了解科室每位成员的优缺点，科学分工，对科室的工作仔细分析，争取大家的意见，使工作进程更合理；充分发挥每个人的长处，调动积极性，工作要全员参与。发展需要一支高素质的人才队伍，这不是一朝一夕就能完成的，一个人的业务能力成长，是一个长期、缓慢的过程，要努力打造一个人人学业务的氛围，重视人才的培养。

虽然有时很累，也很辛苦，但是看着那些病人千恩万谢的笑着走出院的时候，看着医护人员一个个进步得如此之快使他们非常满意的时候，还是觉得幸福更多一些。

四年来有艰辛，有坚持，当然得到的是幸福和收获，在院领导的大力支持下，科室现在已有床位102张，率先在区内开展逆向导丝技术治疗冠脉慢性闭塞病变（CTO）、经皮冠状动脉钙化病变旋磨术及血管内超声技术、首例植入拥有床旁监测功能的埋藏式心脏转复除颤器、在西北开展第一例心脏冠脉杂交手术。开设冠脉介入治疗术后复查门诊、开设高血压门诊、开设高血压病房，创办了宁夏介入沙龙。即将成立的国家级胸痛中心，自开业以来,已做选择性冠状动脉造影(CAG)3131例,冠状动脉介入治疗(PCI)2083例,永久起搏器155例,复杂心律失常(室速、房颤、房扑等)的射频消融术307例,2012年获得科室医疗管理奖、两个单项奖。2013年获得科室医疗管理奖、护理管理奖、先进集体、两个单项奖。2014年获得护理管理奖,其中仇玉民主任主持开展的《冠脉内旋磨术》《逆行导丝技术治疗冠脉慢性完全闭塞病变》均获得院内新技术、新业务一等奖,《血管内超声检查(IVUS)》获得院内新技术、新业务三等奖。全科共有论文60余篇,共收到感谢信200余封,锦旗150多面。

护士长平时积极带领医护人员参加医院举办的各种活动。多次在各种活动中获得各种奖项,在医院举办《中国梦、医院梦、我的梦》庆祝建党93周年征文比赛中荣获组织奖。作为管理层的他们也有一个成长的过程,相信在院领导的带领下,他们的未来一定也很美好。

最后想用一句话与大家共享:"把这份工作当成一份事业,用自己的良心和责任心去经营。"